史铁生 有问集

散文新编

史铁生 著

人民文学出版社

史铁生

图书在版编目（CIP）数据

有问集／史铁生著．—北京：人民文学出版社，2019
（史铁生散文新编）
ISBN 978-7-02-015081-6

Ⅰ.①有… Ⅱ.①史… Ⅲ.①散文集—中国—当代 Ⅳ.①I267

中国版本图书馆CIP数据核字（2019）第040758号

责任编辑 杜 丽
装帧设计 刘 静
责任校对 李晓静
责任印制 徐 冉

出版发行 人民文学出版社
社 址 北京市朝内大街166号
邮政编码 100705
网 址 http://www. rw-cn. com

印 刷 三河市延风印装有限公司
经 销 全国新华书店等

字 数 85千字
开 本 787毫米×1092毫米 1/32
印 张 6.125 插页1
印 数 1—10000
版 次 2019年6月北京第1版
印 次 2019年6月第1次印刷

书 号 978-7-02-015081-6
定 价 46.00元

目　录

神位　官位　心位

有好心人劝我去庙里烧烧香，拜拜佛，许个愿，说那样的话佛就会救我，我的两条业已作废的腿就又可能用于走路了。

我说："我不信。"

好心人说："你怎么还不信哪？"

我说："我不相信佛也是这么跟个贪官似的，你给他上供他就给你好处。"

好心人说："哎哟，你还敢这么说哪！"

我说："有什么不敢？佛总不能也是'顺我者昌，逆我者亡'吧？"

好心人说："哎哟哎哟，你呀，腿还想不想好哇？"

我说："当然想。不过，要是佛太忙一时顾不上我，就等他有工夫再说吧，要是佛心也存邪念，至少咱们就别再犯一个拉佛下水的罪行。”

好心人苦笑，良久默然，必是惊讶着我的执迷不悟，痛惜着我的无可救药吧。

我忽然心里有点儿怕。也许佛真的神通广大，只要他愿意就可以让我的腿好起来？老实说，因为这两条枯枝一样的废腿，我确实丢失了很多很多我所向往的生活。梦想这两条腿能好起来，梦想它们能完好如初，二十二年了，我以为这梦想已经淡薄或者已经不在，现在才知道这梦想永远都不会完结，一经唤起也还是一如既往地强烈。唯一的改变是我能够不露声色了。不露声色但心里却有点儿怕，或者有点儿慌：那好心人的劝导，是不是佛对我的忠心所做的最后试探呢？会不会因为我的出言不逊，这最后的机缘也就错过，我的梦想本来可以实现但现在已经彻底完蛋了呢？

果真如此么？

果真如此也就没什么办法：这等于说我就是这么个命。

果真如此也就没什么意思：这等于说世间并无净土，有一双好腿又能走去哪里？

果真如此也就没什么可惜：佛之救人且这般唯亲、唯利、唯蜜语，想来我也是逃得过初一逃不过十五。

果真如此也就没什么可怕：无非又撞见一个才高德浅的郎中，无非又多出一个吃贿的贪官或者一个专制的君王罢了。此“佛”非佛。

当然，倘这郎中真能医得好我这双残腿，倾家荡产我也宁愿去求他一次。但若这郎中偏要自称是佛，我便宁可就这么坐稳在轮椅上，免得这野心家一日得逞，众生的人权都要听其摆弄了。

我既非出家的和尚，也非在家的居士，但我自以为对佛一向是敬重的。我这样说绝不是承认刚才的罪过，以期佛的宽宥。我的敬重在于：我相信佛绝不同于图贿的贪官，也不同于专制的君王。我这样说也绝不是拐弯抹角的恭维。在我想来，佛是用不着恭维的。佛，本不是一职官位，本不是寨主或君王，不是有求必应的神明，也不是可卜凶吉的算命先生。佛仅仅是信心，是理想，是困境中的一种思悟，是苦难里心魂的一条救路。

这样的佛，难道有理由向他行贿和谄媚么？烧香和礼拜，其实都并不错，以一种形式来寄托和坚定自己面对苦难的信心，原是极为正当的，但若期待现实的酬报，便总让人想起提着烟酒去叩长官家门的景象。

我不相信佛能灭一切苦难。如果他能，世间早该是一片乐土。也许有人会说："就是因为你们这些慧根不足、心性不净、执迷不悟的人闹的，佛的宏愿才至今未得实现。"可是，真抱歉——这逻辑岂不有点儿像庸医无能，反怪病人患病无方么？

我想，最要重视的当是佛的忧悲。常所谓"我佛慈悲"，我以为即是说，那是慈爱的理想同时还是忧悲的处境。我不信佛能灭一切苦难，佛因苦难而产生，佛因苦难而成立，佛是苦难不尽中的一种信心，抽去苦难佛便不在了。佛并不能灭一切苦难，即是佛之忧悲的处境。佛并不能灭一切苦难，信心可还成立么？还成立！落空的必定是贿赂的图谋，依然还在的就是信心。信心不指向现实的酬报，信心也不依据他人的证词，信心仅仅是自己的信心，是属于自己的面对苦难的心态和思路。这信心除了保证一种慈爱的理想之外什么都不保证，除了给我们一个方向和一条路程之外，并不给我们任何结果。

所谓“证果”，我久思未得其要。我非佛门弟子，也未深研佛学经典，不知在佛教的源头上“证果”意味着什么，单从大众信佛的潮流中取此一意来发问：“果”是什么？可以证得的那个“果”到底是什么？是苦难全数地消灭？还是某人独自享福？是世上再无值得忧悲之事？还是某人有幸独得逍遥，再无烦恼了呢？

苦难消灭自然也就无可忧悲，但苦难消灭一切也就都灭，在我想来那与一网打尽同效，目前有的是原子弹，非要去劳佛不可？若苦难不尽，又怎能了无烦恼？独自享福万事不问，大约是了无烦恼的唯一可能，但这不像佛法倒又像贪官庸吏了。

中国信佛的潮流里，似总有官的影子笼罩。求佛拜佛者，常抱一个极实惠的请求。求儿子，求房子，求票子，求文凭，求户口，求福寿双全……所求之事大抵都是官的职权所辖，大抵都是求官而不得理会，便跑来庙中烧香叩首。佛于这潮流里，那意思无非一个万能的大官，且不见得就是清官，徇私枉法乃至杀人越货者竟也去烧香许物，求佛保佑不致东窗事发抑或锒铛入狱。若去香火浓烈的地方做一次统计，保险：因为灵魂不安而去反省的、因为信心不足而去求教的、因为理想认同而去礼拜的，难得有几个。

我想，这很可能是因为中国的神位，历来少为人的心魂而设置，多是为君的权威而筹谋。"君权神授"，当然求君便是求神，求官便是求君了，光景类似于求长官办事先要去给秘书送一点儿礼品。君神一旦同一，神位势必日益世俗得近于衙门。中国的神，看门、掌灶、理财、配药，管红白喜事，管吃喝拉撒，据说连厕所都有专职的神来负责。诸神如此地务实，信徒们便被培养得淡漠了心魂的方位；诸神管理得既然全面，神通广大且点滴无漏，众生除却歌功颂德以求实惠还能何为？大约就只剩下吃“大锅饭”了。“大锅饭”吃到不妙时，还有一句“此处不养爷”来泄怨，还有一句“自有养爷处”来开怀。神位的变质和心位的缺失相互促进，以致佛来东土也只热衷俗务，单行其“慈”，那一个“悲”字早留在西天。这信佛的潮流里，最为高渺的祈望也还是为来世做些务实的铺陈——今生灭除妄念，来世可入天堂。若问：何为天堂？答曰：无苦极乐之所在。但无苦怎么会有乐呢？天堂是不是妄念？此问则大不敬，要惹来斥责，是慧根不够的征兆之一例。

电视剧《北京人在纽约》，曾引出众口一词的感慨以及嘲骂:“美国也（他妈的）不是天堂。”可，谁说那是天堂了？谁曾告诉你纽约专门儿是天堂了？人家说那儿也是地狱，你怎么就不记着？这感慨和嘲骂，泄露了国产天堂观的真相：无论急于今生，还是耐心来世，那天堂都不是心魂的圣地，仍不过是实实在在的福乐。福不圆满，乐不周到，便失望，便怨愤，便嘲骂；并不反省，倒运足了气力去讥贬人家。看来，那“无苦并极乐”的向往，单是比凡夫俗子想念得深远：

终极发问、终极关怀，总应该有一个终极答案、终极结果吧？否则岂不荒诞？

最近看了刘小枫先生的《走向十字架上的真理》，令我茅塞顿开。书中讲述基督性时说：人与上帝有着永恒的距离，人永远不能成为上帝。书中又谈到，神是否存在？神若存在，神便可见、可及乃至可做，难免人神不辨，任何人就都可能去做一个假冒伪劣的神了；神若不存在，神学即成扯淡，神位一空，人间的造神运动便可顺理成章，肃贪和打假倒没了标准。这可如何是好？我理解那书中的意思是说：神的存在不是由终极答案或终极结果来证明的，而是由终极发问和终极关怀来证明的，面对不尽苦难的不尽发问，便是神的显现，因为恰是这不尽的发问与关怀可以使人的心魂趋向神圣，使人对生命取了崭新的态度，使人崇尚慈爱的理想。

“人人皆可成佛”和“人与上帝有着永恒的距离”，是两种不同的生命态度，一个重果，一个重行，一个为超凡的酬报描述最终的希望，一个为神圣的拯救构筑永恒的路途。但超凡的酬报有可能是一幅幻景，以此来维护信心似乎总有悬危。而永恒的路途不会有假,以此来坚定信心还有什么可怕!

这使我想到了佛的本义，佛并不是一个名词，并不是一个实体，佛的本义是觉悟，是一个动词，是行为，而不是绝顶的一处宝座。这样，“人人皆可成佛”就可以理解了，“成”不再是一个终点，理想中那个完美的状态与人有着永恒的距离,人即可朝向神圣无止地开步了。谁要是把自己披挂起来，摆出一副伟大的完成态，则无论是光芒万丈，还是淡泊逍遥，都像是搔首弄姿。“烦恼即菩提”，我信，那是关心，也是拯救。“一切佛法唯在行愿”，我信，那是无终的理想之路。真正的宗教精神都是相通的，无论东方还是西方。任何自以为可以提供无苦而极乐之天堂的哲学和神学，都难免落入不能自圆的窘境。

1994年2月2日

记忆迷宫

人们越来越多地使用电脑写作了。人们夸奖“386”比“286”好、“486”比“386”更好，那情形很像是在夸奖这个人比那个人更聪明。就像智力比赛,所谓“更聪明”即是说：运算（理解）的速度更快，存储（记忆）的信息更多，以及表达得更准确和联想的范围更宽广。

于是有一个可笑的问题提出:用“486”写作,会比用“286”写得更好吗？这个可笑的问题甚至不用回答。但与这个问题同样可笑的逻辑却差不多通行，比如：要是我们写得不及某人，我们首先会怪罪我们的大脑不及某人。

如果作品的美妙和作者的智商不成正比，如果我们的文学止步不前而世界上仍在不断涌现出伟大的作家，我们主要应该怪罪什么呢？如果“486”并没有写出比“286”更有新意更有魅力的作品，大家都明白，是坐在“486”前面敲打键盘的那个人不行。如果一个智商很高的大脑却缺乏创造力，只能不断地临摹前人和复制生活，其原因何在呢？

我看过一位哲学家写的一篇谈“电脑与灵魂”的文章，其中有这样一段话：

> 躯体和灵魂之间的模糊分别通常是理解为躯体与心灵，或者大脑与心灵之间的分别。研究这分别的一个途径是问：大脑是否能够做到心灵所能做的一切……
>
> 当然，目前更受注目的一个问题是电子计算机（电脑）是否有人……一样的能力……假如电子计算机能做到的跟人一样，则我们也只不过是电子计算机而已；也就是说，我们的存在也并不独特。从这个角度看，我们其实正在问“人是否存在”——一个与传统问题“神是否存在”有同样重要性的问题。

显然，大脑做不到心灵所能做到的一切。心灵比大脑广阔得多，深远得多，复杂得多。甚至所谓无限，我想其实也只是就心灵的浩渺无边而言。我们生存的空间有限，我们经历的时间有限，但我们心灵的维度是无限的。在电脑方兴未艾突飞猛进的时代，我们更容易发现，人的独特之处，究其根本不在于大脑，不在于运算得更快和记忆得更牢，而在于心灵的存在。浩渺无边的心灵，是任何大脑和电脑所无能比拟的。再高超的电脑也是人的造物，再聪明的大脑如果没有心灵隐于其后，也只近似传声筒或复印机。恰恰是心灵的浩渺无边，使人的大脑独具创造力，使文学成为必要，使创作能够永恒，使作家常常陷入迷茫也使作家不断走进惊喜。大脑不能穷尽心灵，因此我们永远为心灵所累不得彻底解脱，也因此，我们的创作才有了永无穷尽的前途。

所以，如果“486”写得不如“286”，我们应该怀疑的是：在“486”前面，“人是否存在”？键盘噼噼啪啪地敲响着，当然不能怀疑一个血肉之躯的存在，也不能怀疑一个正常大脑的存在，但我们有理由怀疑心灵是否存在。就是说，聪明的电脑或者聪明的大脑是否联通了心灵，其运作是否听命于心灵。心灵不在，即是人的不在，一台聪明的电脑或大脑便是人或上帝的一次盲目投资。当然，并不否定聪明的作用，但写作如果仅仅是大脑对大脑的操作，则无论是什么级别的大脑都难免走入文学的穷途。文学的无穷天地，我想可以描述为：大脑对心灵的巡察、搜捕和缉拿归案。聪明对于写作是一件好事，正如侦探的本事高超当然更利于破案，但侦探如果单单乐意走进市场而不屑于巡察心灵，我们就可能只有治安和新闻，而没有文学了。

心灵是什么呢？以及，心灵在哪儿？

我记得有一位哲学家（记不住他的名字）写过一本书（也记不住它的题目），书中问道："我在哪儿？"胳膊是我的，"我"在胳膊里么？但没有了胳膊，却依然故"我"。腿呢？也一样，"我"也不在腿里。那么"我"在心脏或大脑里了？但是把心脏或大脑解剖开来找吧，还是找不到"我"。虽然找不到，但若给心脏或大脑上加一个弹孔，"我"便消失。

"我"，看来是一个结构，心灵是一个结构，死亡即是结构的消散或者改组。

那么，这个结构都包含什么呢？设想把一个人所有不致命的器官都摘除，怎样呢？这个人很可能就像一棵树或者一株草了。健全的生理就能够产生心灵么？那么把一个生理健全的人与世隔绝起来，隔绝得完全彻底，他的心灵还能有什么呢？心灵并不像一个容器，内容没有了容器还可以存在，不，心灵是一个结构，是信息的组织，是与信息共生共灭的。所以，心灵的构成当然不等于生理的构成，心灵的构成正是“天人合一”，主观与客观的共同参与，心灵与这个世界同构。世界是什么？如果世界不能被我们认识穷尽，我们一向所说的世界到底是什么呢？我想，这世界，就重叠在我们的心灵上。虽然我们不能穷尽它，但是它就在那儿，以文学的名义无止无休地诱惑着我们，召唤着我们。

我在写一篇小说的时候，发现了一个悖论：

我是我的印象的一部分
而我的全部印象才是我

我没有用“记忆”，而是用了“印象”。因为往日并不都停留在我的记忆里，但往日的喧嚣与骚动永远都在我的印象中。因为记忆，只是阶段性的僵死记录，而印象是对全部生命变动不居的理解和感悟。记忆只是大脑被动的存储，印象则是心灵仰望神秘时，对记忆的激活、重组和创造。记忆可以丢失，但印象却可使丢失的生命重新显现。一个简单的例证是：我们会忘记一行诗句，但如果我们的心绪走进了那句诗的意境，我们就会丝毫不差地记起它；当然那得是真正的诗句。一个众所周知的例证是：普鲁斯特在吃玛德莱小点心时，一瞬间看遍了自己的一生。如普鲁斯特一样的感受，几乎我们每个人都有过。

但是，印象中的往事是否真实呢？这也许就先要问问：真实是什么？当我们说“真实”的时候，这“真实”可能指的是什么？

我想引用我正在写着的一部小说中的一段话：

当一个人像我这样，坐在桌前，沉入往事，想在变幻不住的历史中寻找真实，要在纷纷纭纭的生命中看出些真实，真实便成为一个严重的问题。真实便随着你的追寻在你的前面破碎、分解、融化、重组…… 如烟如尘，如幻如梦。

我走在树林里，那两个孩子已经回家。整整那个秋天，整整那个秋天的每个夜晚，我都在那片树林里踽踽独行。一盏和一盏路灯相距很远，一段段明亮与明亮之间是一段段黑暗与黑暗，我的影子时而在明亮中显现，时而在黑暗中隐没。凭空而来的风一浪一浪地掀动斑斓的落叶，如同掀动着生命的印象。我感觉自己就像是这空空的来风，只在脱落下和旋卷起斑斓的落叶之时，才能捕捉到自己的存在。

往事，或者故人，就像那落叶一样，在我生命的秋风里，从黑暗中飘转进明亮，从明亮中逃遁进黑暗。在明亮中的，我看见他们，在黑暗里的我只有想象他们，依靠那些飘转进明亮中的去想象那些逃遁进黑暗里的。我无法看到黑暗里他们的真实，只能看到想象中他们的样子，随着我的想象他们飘转进另一种明亮。这另一种明亮，是不真实的么？当黑暗隐藏了某些落叶，你仍然能够想象它们，因为你的想象可以照亮黑暗可以照亮它们，但想象照亮的它们并不就是黑暗隐藏起的它们，可这是我所能得到的唯一的真实。即使是那些明亮中的，我看着它们，它们的真实又是什么呢？也只是我印象中的真实吧，或者说仅仅是我真实的印象。往事，和故人，也是这样，无论他们飘转进明亮还是逃遁进黑暗，他们都只能在我的印象里成为真实。

真实并不在我的心灵之外，在我的心灵之外并没有一种叫做真实的东西原原本本地待在那儿。真实，有时候是一个传说甚至一个谣言，有时候是一种猜测，有时候是一片梦想，它们在心灵里鬼斧神工地雕铸我的印象。而且，它们在雕铸我的印象时，顺便雕铸了我。否则我的真实又是什么呢，又能是什么呢？这些印象的累积和编织，那便是我了。

所有的小说，也许都可以说是记忆的产物，因为没有记忆便不可能有小说。但这样类推的话，我们也可以说没有乐器便没有音乐，没有刀斧便没有雕塑，没有颜料便没有图画，没有地球便没有人类。如此逻辑不失为真理，但如此真理也不失为废话。有意义的问题是：记忆，在创作者那儿，发生了什么？相关的问题是：为什么会发生？相似的问题是：我们为什么要写作？

记忆，在创作者那儿已经面目全非，已经走进另一种存在。我又要引一段我曾写过的话：

> 我生于一九五一年。但在我，一九五一年却在一九五五年之后发生。一九五五年的某一天，我记得那天日历上的字是绿色的，时间，对我来说就始于这个周末。在此之前一九五一年是一片空白，一九五五年那个周末之后它才传来，渐渐有了意义，才存在。但一九五五年那个周末之后，却不是一九五五年的一个星期天，而是一九五一年冬天的某个凌晨——传说我在

那个凌晨出生，我想象那个凌晨，五点五十七分，于是一九五一年的那个凌晨抹杀了一九五五年的一个星期天。那个凌晨，五点五十七分我来到人间（有出生证为证），奶奶说那天下着大雪。但在我，那天却下着一九五六年的雪，我不得不用一九五六年的雪去理解一九五一年的雪，从而一九五一年的冬天有了形象，不再是空白。然后是一九五八年，这年我上了学，这一年我开始理解了一点儿太阳、月亮和星星的关系。而此前的一九五七年呢，则是一九六四年时才给了我突出的印象，那时我才知道一场“反右”运动大致的情况，因而一九五七年下着一九六四年的雨。再之后有了公元前，我知道了并设想着远古的某些历史，而公元前中又混含着对二○○一年的幻想，我站在今天设想远古又幻想未来，远古和未来在今天随意交叉，因而远古和未来都刮着现在的风。

我理解，博尔赫斯的“交叉小径的花园”是指一个人的感觉、思绪和印象，在一个人的感觉、思绪和印象里，时间成为错综交叉的小径。他强调的其实不是时间，而是作为主观的人的心灵，这才是一座迷宫的全部。

这已经不能说是记忆了，这显然也不是大脑猎奇的企图所致。这样的重组或者混淆，以及重组和混淆的更多可能性，乃是大脑去巡察心灵的路径，去搜捕和缉拿心灵的作为。昆德拉说（大意）："没有发现，就不能算得好小说。"我想，写作肯定不是为了重现记忆中的往事，而是为了发现生命根本的处境，发现生命的种种状态，发现历史所不曾显现的奇异或者神秘的关联，从而，去看一个亘古不变的题目：我们心灵的前途，和我们生命的价值，终归是什么？

这样的发现，是对人独特存在的发现，同时是对神的独特存在的发现。

这样的发现肯定是永无终结的，因为，比如说我们的大脑永远巡察不尽我们的心灵，比如说我们的智力永远不能穷尽存在的神秘，比如说存在是一个无穷的运动我们永远都不能走到终点，比如说我们永远都在朝圣的途中但永远都不能走到神的位置。也就是说，我们对终极的发问，并不能赢得终极的解答和解决。就像存在是一个永恒的过程一样，生命的意义是一个永恒的问题。比如艺术，谁能给它一个终极的解答么？比如爱，谁能给它一个终极的解决，从而给我们一个真正自由和博爱的世界？自由和爱永远是一个问题。自由和爱，以问题的方式而不是以答案形态，叠入我们的心灵。要点在于：这样的问题，有，还是没有？有和没有，即是神的存在和不存在，即是心灵的醒悟或者迷途。这差不多就是我们为什么要写作的理由了。

记忆给了我们这样的方便。

1994 年 4 月 12 日

无答之问或无果之行

现今，信徒们的火气似乎越来越大，狂傲风骨仿佛神圣的旗帜，谁若对其所思所行稍有疑虑或怠慢，轻则招致诅咒，重则引来追杀。这不免让人想起“红卫兵”时代的荒唐，大家颂扬和憧憬的是同一种幸福未来，却在实行的路途上相互憎恨乃至厮杀得英雄辈出，理想倒乘机飘离得更加遥远。很像两个孩子为一块蛋糕打架，从桌上打到桌下，打到屋外再打到街上，一只狗悄悄来过之后，理想的味道全变。

很多严厉的教派，如同各类专横的主义，让我不敢靠近。

闻佛门“大肚能容”可“容天下难容之事”，倍觉亲近，喜爱并敬仰，困顿之时也曾得其教益。但时下，弄不清是怎么一来，佛门竟被信佛的潮流冲卷得与特异功能等同。说：佛就是最高档次的特异功能者，所以洞察了生命的奥秘。说：

终极关怀即是对这奥秘的探索，唯此才是生命的根本意义，生命也才值得赞美。说：若不能平息心识的波澜，人就不可得此功能也就无从接近佛性。言下之意生命也就失去价值，不值得赞美。更说：便是动着行善的念头，也还是掀动了心浪，唯善恶不思才能风息浪止，那才可谓佛行。如是之闻，令我迷惑不已。

从听说特异功能的那一天起，我便相信其中必孕藏了非凡的智识，是潜在的科学新大陆。当然不是因为我已明了其中奥秘，而是我相信，已有的科学知识与浩瀚的宇宙奥秘相比，毕竟沧海一粟，所以人类认识的每一步新路必定难符常规；倘不符常规即判定其假，真就是“可笑之人”也要失笑的可笑之事了。及至我终于目睹了特异功能的神奇，便更信其真，再听说它有多么不可思议的能力，也不会背转身去露一脸自以为是的嘲笑。嘲笑曾经太多，胜利的嘲笑一向就少。

但是——我要在“但是”后面小做文章了。（其实大小文章都是作于“但是”之后，即有所怀疑之时。）

但是！我从始至今也不相信特异功能可以是宗教。“宗教”二字的色彩不论多么纷繁，终极关怀都是其最根本的意蕴。就是说，我不相信生命的意义就是凭借特异功能去探索生命的奥秘。那样的话它与科学又有什么不同？对于生命的奥秘，你是以特异功能去探索，还是以主流科学去探索，那都一样，都还不是宗教不是终极关怀，不同的只是这探索的先进与落后、精深与浅薄，以及功效的高低而已。而且这探索的前途，依“可笑之人”揣想，不外两种：或永无止境，或终于穷尽。“永无止境”比较好理解，那即是说：人类的种种探索，每时每刻都在限制上，每时每刻又都在无穷中；正因如此，才想到对终极的询问，才生出对终极的关怀，才要问生命的意义到底何在。而“终于穷尽”呢，总让人想不通穷尽之后又是什么？就便生命的奥秘终于了如指掌，难道生命的意义就不再成为问题么？

我总以为，终极关怀主要不是对来路的探察，而是对去路的询问，虽然来路必要关心，来路的探察于去路的询问是有助的。在前几年的文学寻根热时，我写过几句话：“小麦是怎么从野草变来的是一回事，人类何以要种粮食又是一回事。不知前者尚可再从野草做起，不知后者则所为一概荒诞。”这想法，至今也还不觉得需要反悔。人，也许是猴子历经劳动后的演变，也许是上帝快乐或寂寞时的创造，也许是神仙智商泛滥时的发明，也许是外星人纵欲而留下的野种，也许是宇宙能量一次偶然或必然的融合，这都无关宏旨，但精神业已产生，这一事实无论其由来如何总是要询问一条去路，或者总是以询问去路证明它的存在，这才是关键。回家祭祖的路线并不一定含有终极关怀，盲流的家园可以是任意一方乐土，但精神放逐者的家园不可以不在生命的意义。生命的意义若是退回到猴子或还原为物理能量，那仿佛我们千辛万苦只是要追究“造物主”的错误。“道法自然”已差不多是信徒们的座右铭，但人，不在自然之中吗？人的生成以及心识的生成，莫非不是那浑然大道之所为？莫非不是“无为无不为”的自然之造化？去除心识，风息浪止，是法自然还是反自然，真是值得考虑。（所谓“不二法门”，料必是不能去除什么的，譬如心识。去除，倒反而证明是“二”。“万法归一”显然也不是寂灭，而是承认差别和矛盾的永在，唯愿其和谐地运动，朝着真善美的方向。）佛的伟大，恰在于他面对这差别与矛盾，以及由之而生的人间苦难，苦心孤诣沉思默想；在于他了悟之后并不放弃这个人间，依然心系众生，执着而艰难地行愿；在于有一人未度他便不能安枕的博爱胸怀。若善念一动也违佛法，佛的传经布道又算什么？若是他期待弟子们一念不动，佛法又如何传至今天？佛的光辉，当不在大雄宝殿之上，而在他苦苦地修与行的过程之中。佛的轻看佛法，绝非价值虚无，而是暗示了理论的局限。佛法的去除“我执”，也并非是取消理想，而是强调存在的多维与拯救的无限。

（顺便说一句：六祖慧能得了衣钵，躲过众师兄弟的抢夺，星夜逃跑……这传说总让我怀疑。因为，这行动似与他的著名偈语大相径庭。既然“菩提本无树，明镜亦非台，本来无一物，何处染尘埃”，倒又怎么如此地看重了衣钵呢？）

坦白说，我对六祖慧能的那句偈语百思而不敢恭维。“本来无一物”的前提可谓彻底，因而“何处染尘埃”的逻辑无懈可击，但那彻底的前提却难成立，因为此处之“物”显然不是指身外之物以及对它的轻视，而是就神秀的“身为菩提树，心如明镜台”而言，是对人之存在的视而不见，甚至是对人之心灵的价值取消。“本来无一物”的境界或许不坏，但其实那也就没有好歹之分，因为一切都无。一切都无是个省心省力的办法，甚至连那偈语也不必去写，宇宙就像人出现之前和灭绝之后那般寂静，浑然一体了无差异，又何必还有罗汉、菩萨、佛以及种种境界之分？但佛祖的宏愿本是根据一个运动着的世界而生，根据众生的苦乐福患而发，一切都无，佛与佛法倒要去救助什么？所救之物首先应该是有的吧，身与心、尘埃与佛法当是相反相成的吧，这才是大乘佛法的入世精神吧。所以神秀的偈语，我以为更能体现这种精神，“身为菩提树，心如明镜台，时时勤拂拭，莫使染尘埃”，这是对身与心的正视，对罪与苦的不惧，对善与爱的提倡，对修与行的坚定态度。

也许，神秀所说的仅仅是现世修行的方法，而慧能描画的是终极方向和成佛后的图景。但是，“世上可笑之人”的根本迷惑正在这里：一切都无，就算不是毁灭而是天堂，那天堂中可还有差别？可还有矛盾？可还有运动么？依时下信佛的潮流所期盼的，人从猴子变来，也许人还可变到神仙去，那么神仙即使长生是否也要得其意义呢？若意义也无，是否就可以想象那不过是一棵树、一块石、一座坚固而冷漠的大山、一团随生随灭的星云？就算这样也好，但这样又何劳什么终极关怀？随波逐流即是圣境，又何必念念不忘什么“因果”？想来这“因果”的牵念，仍然是苦乐福患，是生命的意义吧。

当然还有一说：一切都无，仅指一切罪与苦都无，而福乐常在，那便是仙境便是天堂，便是成佛。真能这样当然好极了。谁能得此好运，理当祝贺他，欢送他，或许还可以羡慕他。可是剩下的这个人间又将如何？如果成佛意味着独步天堂，成佛者可还为这人间的苦难而忧心么？若宏愿不止，自会忧心依旧，那么天堂也就不只有福乐了。若思断情绝，弃这人间于不闻不问，独享福乐便是孜孜以求的正果，佛性又在哪儿？还是地藏菩萨说得好：“地狱未空，誓不成佛。”我想这才是佛性之所在。但这样，便躲不过一个悖论了：有佛性的誓不成佛，自以为成佛的呢，又没了佛性。这便如何是好？佛将何在？佛位，岂不是没有了？

或许这样才好。佛位已空，才能存住佛性。佛位本无，有的才是佛行。这样才“空”得彻底，“无”得真诚，才不会执于什么衣钵，为着一个领衔的位置追来逃去。罗汉呀、菩萨呀，那无非标明着修习的进程，若视其为等等级级诱人的宝座，便难免又演出评职称和晋官位式的闹剧。佛的本意是悟，是修，是行，是灵魂的拯救，因而“佛”应该是一个动词，是过程而不是终点。

修行或拯救，在时空中和在心魂里都没有终点，想必这才是“灭执”的根本。大千世界生生不息，矛盾不休，运动不止，困苦永在，前路无限，何处可以留住？哪里能是终点？没有。求其风息浪止无扰无忧，倒像是妄念。指望着终点（成佛、正果、无苦而极乐），却口称“断灭我执”，不仅滑稽，或许就要走歪了路，走到为了独享逍遥连善念也要断灭的地步。

还是不要取消“心识”和“执着”吧——可笑如我者作如此想。因为除非与世隔绝顾自逍遥，魔性佛性总归都是一种价值信奉；因为只要不是毁灭，灵魂与肉身的运动必定就有一个方向；因为除了可祝贺者已独享福乐了之外，再没见有谁不执着的，唯执着点不同而已。有执着于爱的，有执着于恨的，有执着于长寿的，有执着于功名的，有执着于投奔天堂的，有执着于拯救地狱的，还有执着于什么也不执着以期换取一身仙风道骨的……想来，总不能因为有魔的执着存在，便连佛的执着也取消吧，总不能因为心识的可能有误，便连善与恶也不予识别，便连魔与佛也混为一谈吧。

佛之轻看心识，意思大概与“生命之树常青，理论永远是灰色的”相似。我们的智力、语言、逻辑、科学或哲学的理论，与生命或宇宙的全部存在相比，是有限与无穷的差距。今天人们已经渐渐看到，因为人类自许为自然的主宰，自以为科学技术的不断发展便可引领我们去到天堂，已经把这个地球榨取得多么枯瘪丑陋了，科学的天堂未见，而人们心魂中的困苦有增无减。因此，佛以其先知先觉倡导着另一种认识方法和生活态度。这方法和态度并不简单，若要简单地概括，佛家说是：明心见性。那意思是说：大脑并不全面地可靠，万勿以一（一己之见）概全（宇宙的全部奥秘），不可妄尊自大，要想接近生命或宇宙的真相，必得不断超越智力、逻辑、理论的局限，才能去见那更为辽阔浩渺的存在；要想创造人间的幸福，先要尊法自然的和谐，取与万物和平相处的态度。这当然是更为博大的智慧，但可笑如我者想，这并非意味着要断灭心识。那博大的智慧，是必然要经由心识的，继而指引心识，以及与心识通力合作。就像大学生都曾是从小学校里走出来的，而爱因斯坦的成就虽然超越了牛顿但并不取消牛顿。超凡入圣也不能弃绝了科学技术，最简单的理由就是芸芸众生并不个个都能餐风饮露。这是一个悖论，科学可以造福，科学也可以生祸，福祸相倚，由是佛的指点才为必要。语言和逻辑呢，也不能作废，否则便是佛经也不能读诵。佛经的流传到底还是借助了语言文字，经典的字里行间也还是以其严密的逻辑令人信服、教人醒悟。便是玄妙的禅宗公案，也仍然要靠人去沉思默解，便是“非常道”也只好强给它一个“非常名”，真若不流文字，就怕那智慧终会湮灭，或沦为少数慧根丰厚者的独享。这又是一个悖论，语言给我们自由，同时给我们障碍，这自由与障碍之间才是佛的工作，才是道的全貌。最要紧的是：倘在此心识纷纭、执着各异的世界上，一刀切地取消心识和执着，料必要得一个价值虚无的麻木硕果，以致佛魔难分，小术也称大道，贪官也叫公仆，恶也作佛善也作佛，佛位林立单单不见了佛性与佛行。

心识加执着，可能产生的最大祸患，怕就是专制也可以顺理成章。恶的心识自不必说，便是善的执着也可能如此。比如爱，“爱你没商量”就很可能把别人爱得痛苦不堪，从而侵扰了他人的自由和权利。但这显然不意味着应该取消爱，或者可爱可不爱。失却热情（执着）的爱早也就不是爱了。没有理性（心识）的爱呢，则很可能只是情绪的泛滥。美丽的爱是要执着的，但要使其在更加博大的维度中始终不渝，这应该是佛愿的指向，是终极的关怀。

心识也好，智慧也好，都只是对存在的（或生命奥秘的）“知”，不等于终极关怀。而且，智慧的所“见”也依然是没有止境，佛法的最令人诚服之处，就在于它并不讳言自身的局限，和其超越、升华的无穷前景。若仅停留于“知”，并不牵系于“愿”付诸“行”，便常让人疑惑那是不是借助众生的苦难在构筑自己的光荣。南怀瑾先生的一部书中的一个章节，我记得标题是“唯在行愿”，我想这才言中了终极关怀。终极关怀都是什么？论起学问来令人胆寒，但我想“条条大路通罗马”，千头万绪都在一个“爱”字上。“断有情”，也只是断那种以占有为目的或以奉献求酬报的“有情”，而绝不是要把人断得麻木不仁，以致见地狱而绕行，见苦难而逃走。（话说回来，这绕行和逃走又明显是“有情”未断的表征，与地藏菩萨的关怀相比，优劣可鉴。）爱，不是占有，也不是奉献。爱只是自己的心愿，是自己灵魂的拯救之路。因而爱不要求（名、利、情的）酬报；不要求酬报的爱，才可能不通向统治他人和捆绑自己的“地狱”。地藏菩萨的大愿，大约就可以归结为这样的爱，至少是始于这样的爱吧。

但是，我很怀疑地藏菩萨的大愿能否完成。还是老问题：地狱能空吗？矛盾能无吗？困苦能全数消灭吗？没有差别没有矛盾没有困苦的世界，很难想象是极乐，只能想象是死寂。——我非常渴望有谁能来驳倒我，在此之前，我只好沿着我不能驳倒的这个逻辑想下去。

有人说：佛法是一条船，目的是要渡你去彼岸，只要能渡过苦海到达彼岸，什么样的船都是可以的。对此我颇存疑问:一是,说彼岸就是一块无忧的乐土,迄今的证明都很无力;二是，“到达”之后将如何？这个问题似在原地踏步，一筹莫展；三是，这样的“渡”，很像不图小利而要中一个大彩的心理，怕是聪明的人一多，又要天翻地覆地争夺不休。

所谓“断灭我执”，我想根本是要断灭这种“终点执”。所谓“解脱”，若是意味着逃跑，大约跑到哪儿也还是难于解脱，唯平心静气地接受一个永动的过程，才可望“得大自在”。彼岸，我想并不与此岸分离，并不是在这个世界的那边存在着一个彼岸。当地藏菩萨说“地狱不空,誓不成佛”时，我想，他的心魂已经进入彼岸。彼岸可以进入，但彼岸又不可能到达，是否就是说：彼岸又不是一个名词，而是动词？我想是的。彼岸、普度、宏愿、拯救，都是动词，都是永无止境的过程。而过程，意味着差别、矛盾、运动和困苦的永远相伴,意味着普度的不可完成。既然如此,佛的“普度众生”

以及地藏菩萨的大愿岂不是一句空话了？不见得。理想，恰在行的过程中才可能是一句真话，行而没有止境才更见其是一句真话，永远行便永远能进入彼岸且不弃此岸。若因行的不可完成，便叹一声“活得真累”，而后抛弃爱愿，并美其名为“解脱”和“得大自在”——人有这样的自由，当然也就不必太反对，当然也就不必太重视，就像目送一只 UFO 离去，回过头来人间如故。

还有一种意见，认为：说到底人只可拯救自己，不能拯救他人，因而爱的问题可以取消。我很相信“说到底人只可拯救自己”，但怎样拯救自己呢？人不可能孤立地拯救自己和把自己拯救到一个与世隔绝的地方去。世上如果只有一个人，或者只有一个生命，拯救也就大可不必。拯救，恰是在万物众生的缘缘相系之中才能成立。或者说，福乐逍遥可以独享，拯救则从来是对众生（或曰人类）苦乐福患的关注。孤立一人的随生随灭，细细想去，原不可能有生命意义的提出。因而爱的问题取消，也就是拯救的取消。

当然“爱”也是一个动词，处于永动之中，永远都在理想的位置，不可能有彻底圆满的一天。爱，永远是一种召唤，是一个问题。爱，是立于此岸的精神彼岸，从来不是以完成的状态消解此岸，而是以问题的方式驾临此岸。爱的问题存在与否，对于一个人、一个族、一个类，都是生死攸关，尤其是精神之生死的攸关。

1994 年 5 月 24 日

爱情问题

一

有人说，世界上，每分每秒都有贝多芬的乐曲在奏响在回荡，如果真有外星人的话，他们会把这声音认作地球的标志（就像土星有一道美丽的环），据此来辨认我们居于其上的这颗星星。这是个浪漫的想象。何妨再浪漫些呢？若真有外星人，外星人爷爷必定会告诉外星人孙子，这声音不过是近二百年来才出现的，而比这声音古老得多的声音是“爱情”。爱情，几千年来人类以各种发音说着、唱着、赞美着和向往着它，缠绵激荡片刻不息。因此，外星人爷爷必定会纠正外星人孙子：爱情——这声音，才是银河系中那颗美丽星星的标志呢。

二

但，爱情是什么？爱情，都是什么呢？

大约不会有人反对：美满的爱情必要包含美妙的性（注：本文中的“性”意指性吸引、性行为、性快乐），而美满的性当然要以爱情为前提。因为世上还有一种叫做“友爱”的情感，以及一种叫做“嫖娼”和一种叫做“施暴”的行为。因而大约也就不会有人反对；爱情不等于性，性也不能代替爱情。如同红灯区里的男人或女人都不能代替爱人。

这差不多能算一种常识。

问题是：那个不等同于性的爱情是什么？那个性所不能代替的爱情，是什么？包含性并且大于性的那个爱情，到底是怎么一种事？

三

也许爱情，就是友爱加性吸引？

就算这机械的加法并不可笑，但是，为什么你的异性朋友不止十个，而爱人却只有一个（或同时只有一个）呢？因为只有一个对你产生性吸引？是吗？

也许有人是。可我不是。我不是而且我相信，像我这样不止从一个异性那儿感受到吸引的人很多，像我这样不止被一个美丽女人惊呆了眼睛和惊动了心的男人很多，像我这样公开或暗自赞美过两个以上美妙异性的人肯定占着人类的多数。

证明其实简单：你还没有看见你的爱人之时你早已看见了异性的美妙，你被异性惊扰和吸引之后你才开始去寻找爱人。你在寻找一个事先并不确定的异性做你的爱人，这说明你在选择。你在选择，这说明对你有性吸引力的异性并不只有一个。那么，选择的根据是什么？若仅仅是性，便没有什么爱情发生，因而那是动物界司空见惯的事件与本文无关。你的根据当然是爱情。

但是爱情是什么眼下还不知道。

现在只知道了一件事：性吸引从来不是一对一的，从来是多向的，否则物种便要在无竞争中衰亡。

四

我读过一篇小说，写一对恋人（或夫妻）出门去，走在街上、走进商店、坐上公共汽车和坐进餐厅里，女人发现男人的目光常常投向另外的女人（一些漂亮或性感的女人），于是她从扫兴到愤怒终至离开了那男人。这篇小说明显是嘲讽那个男人，相信他不懂得爱情和不忠于爱情。

但该小说作者的这一判断只有一半的可能是对的，只有一半的可能是，那个男人尚未走出一般动物的行列。另外一半的可能是那个女人不懂爱情。首先她没弄清性与爱的分别，性是多指向的，而性的多指向未必不可以与爱的专一共存。其次她把自己仅仅放在了性的位置上，因为只有在这个位置上她与另外那些女人才是可比的。第三，那男人没有因为众多的性吸引而离开她，她可想过这是为什么吗？她显然没想过，因为倒是她仅仅为了性妒忌而离开了她的恋人或丈夫。

恋人们或夫妻们，应该承认性吸引的多向性，应该互相允许（公开或暗自）赞赏其他异性之魅力。但是！但是恋人们或夫妻们，可以承认和允许多向的性行为么？不，当然不，至少我不，至少当今绝对多数的人都——不！这，是为什么？这是一个最严重也最有价值的问题。

五

毫无疑问，是因为爱情，因为必须维护爱情的神圣与纯洁，因为专一的爱情才受到赞扬。但是，这就有点儿奇怪，这就必然引出两个不能含混过去的问题：

一是，爱情既然是一种美好的情感，为什么要专一？为什么只能对一个人？为什么必须如此吝啬？为什么这吝啬或自私倒要受到赞扬和被誉为神圣与纯洁？

二是，性吸引既然是多向的，为什么性行为不应该也是多向的？为什么性行为要受到限制，而且是以爱情（神圣与纯洁）的名义来限制？为什么对性的态度，竟是对爱情忠贞与否的（一个很重要的）证明？为什么多向的性吸引可与爱情共存，而多向的性行为便被视为对爱情的不忠？

六

先说第二个问题。

这不忠的观念，可能是源于早先的把爱情与婚姻、家庭混为一谈，源于婚姻、家庭所关涉的财产继承。所以这不忠，曾经主要是一个经济问题，现在则不过是旧观念的遗留问题。这不无道理。但，这么简单么？那么在今天，爱情已不等同于婚姻、家庭，已常常与经济无涉，这不忠的观念是否就没有了基础就很快可以消逝了呢？或者这不忠的观念，仅仅是出于动物式的性争夺，在宽厚豁达和更为进步的人那儿已不存在？

我知道一位现代女性，她说只要她的丈夫是爱她的，她丈夫的性对象完全可以不限于她，她说她能理解，她说她自己并不喜欢这样但是她能理解她的丈夫，她说："只要他爱我，只要他仍然是爱我的，只要他对别人不是爱，他只爱我。"

可是，当那男人真的有了另外的性对象而且这样的事情慢慢多起来时，这位现代女性还是陷入了痛苦。不，她并不推翻原来的诺言，她的痛苦不是因为旧观念的遗留，更不是性嫉妒，而是一个始料未及的问题："可我怎么能知道，他还是爱我的？"她说，虽然他对她一如既往，但是她忽然不知道为什么他还是爱她的。她不知道在他眼里和心中，她与另外那些女人有什么不同。她不知道为什么她不是与另外那些女人一样，也仅仅是他的一个性对象？她问："什么能证明爱情？"一如既往的关心、体贴、爱护、帮助……这些就是爱情的证明么？可这是母爱、父爱、友爱、兄弟姐妹之爱也可以做到的呀？但是爱情，需要证明，需要在诸多种爱的情感中独树一帜表明那不是别的那正是爱情！

什么，能证明爱情？

七

曾有某出版社的编辑，约我就爱情之题写一句话。我想了很久，写了：没有什么能够证明爱情，爱情是孤独的证明。

这句话很可能引出误解，以为就像一首旧民谣中所表达的愿望，爱情只是为了排遣寂寞。（那首旧民谣这样说：小小子儿，坐门墩儿，哭着喊着要媳妇儿。要媳妇儿干吗呀？点灯说话儿，吹灯就伴儿，早上起来梳小辫儿。）不，孤独并不是寂寞。无所事事你会感到寂寞，那么日理万机如何呢？你不再寂寞了但你仍可能孤独。孤独也不是孤单。门可罗雀你会感到孤单，那么门庭若市怎样呢？你不再孤单了但你依然可能感到孤独。孤独更不是空虚和百无聊赖。孤独的心必是充盈的心，充盈得要流溢出来要冲涌出去，便渴望有人呼应他、收留他、理解他。孤独不是经济问题也不是生理问题，孤独是心灵问题，是心灵间的隔膜与歧视甚或心灵间的战争与戕害所致。那么摆脱孤独的途径就显然不能是日理万机或门庭若市之类，必须是心灵间戕害的停止、战争的结束、屏障的拆除，是心灵间和平的到来。心灵间的呼唤与呼应、投奔与收留、袒露与理解，那便是心灵解放的号音，是和平的盛典是爱的狂欢。那才是孤独的摆脱，是心灵享有自由的时刻。

但是这谈何容易，谈何容易！

让我们记起人类社会是怎样开始的吧。那是从亚当和夏娃偷吃了禁果于是知道了善恶之日开始的，是从他们各自用树叶遮挡起生殖器官以示他们懂得了羞耻之时开始的。善恶观（对与错、好与坏、伟大与平庸与渺小等等），意味着价值和价值差别的出现。羞耻感（荣与辱，扬与贬，歌颂与指责与唾骂等等），则宣告了心灵间战争的酿成，这便是人类社会的独有标记，这便是原罪吧，从那时起，每个人的心灵都要走进千万种价值的审视、评判、褒贬、乃至误解中去（枪林弹雨一般），每个人便都不得不遮挡起肉体和灵魂的羞处，于是走进隔膜与防范，走进了孤独。但从那时起所有的人就都生出了一个渴望：走出孤独，回归乐园。

那乐园就是，爱情。

八

寻找爱情，所以不仅仅是寻找性对象，而根本是寻找乐园，寻找心灵的自由之地。这样看来，爱情是可以证明的了。自由可以证明爱情。自由或不自由，将证明那是爱情或者不是爱情。

自由的降临要有一种语言来宣告。文字已经不够，声音已经不够，自由的语言是自由本身。解铃还需系铃人。孤独是从遮掩开始的，自由就要从放弃遮掩开始。孤独是从防御开始的，自由就要从拆除防御开始。孤独是从羞耻开始的，自由就要从废除羞耻开始。孤独是从衣服开始，从规矩开始，从小心谨慎开始，从距离和秘密开始，那么自由就要从脱去衣服开始，从破坏规矩开始，从放浪不羁开始，从消灭距离和泄露秘密开始……（我想，相视如仇一定是爱的结束，相敬如宾呢，则可能还不曾有爱。）

性行为是一种语言。在爱人们那儿，袒露肉体已不仅仅是生理行为的揭幕，更是心灵自由的象征；炽烈地贴近已不单单是性欲的催动，更是心灵的相互渴望；狂浪的交合已不只是繁殖的手段，而是爱的仪式。爱的仪式不能是自娱，而必得是心灵间的呼唤与应答。爱的仪式，并不发生在一个与世隔绝的孤岛，爱的仪式是百年孤独中的一炬自由之火。在充满心灵战争的人间，唯这儿享有自由与和平。这儿施行与外界不同甚或相反的规则，这儿赞美赤身裸体，这儿尊敬神魂颠倒，这儿崇尚礼崩乐坏，这儿信奉敞开心扉。这就是爱的仪式。爱的表达。爱的宣告。爱的倾诉。爱之祈祷或爱之祭祀。

九

君王与嫔妃、嫖客与娼妓、爱人与爱人，其性行为之方式的相同点想必很多，那是由于身体的限制。但其性行为之方式的不同点肯定更多，因为，就便是相同的行动也都流溢着不同的表达，那是源自心灵的创造。

譬如哭，是忧伤还是矫情，一望可知。譬如笑，是欢欣还是敷衍，一望可知。譬如西门庆和查泰莱夫人的情人，其境界的大不同一读可知。这很像是人们用着相同的文字，而说着不同的话语。相同的文字大家都认得，不同的话语甚至不能翻译。

顺便想到：什么是淫荡呢？在不赞成禁欲的人看来，并没有淫荡的肉身，只有淫荡的心计。只要是爱的表达（譬如查泰莱夫人与其情人），一切礼崩乐坏的作为都是真理，并无淫荡可言。而若有爱之外的指向（譬如西门庆），再规范再八股的行动也算流氓。

十

性是爱的仪式，爱情有多么珍重，性行为就要多么珍重。好比，总不能在婚礼上奏哀乐吧，总不能为了收取祭品就屡屡为亲娘老子行葬礼吧。仪式，大约有着图腾的意味，是要虔敬的。改变一种仪式，意味着改变一种信念，毁坏一种仪式就是放弃一种相应的信念。性行为，可以是爱的仪式，当然也可以是不爱的告白。

这就是为什么，对性的态度，是对爱情忠贞与否的一个重要证明。这就是为什么，性要受到限制，而且是以爱情的名义。

爱情，不是自然事件，不是荒野上交媾的季节。爱情是社会事件，在亚当夏娃走出伊甸园之后发生，爱情是在相互隔膜的人群里爆发出一种理想，并非一种生理的分泌。所以性不能代替爱情。所以爱情包含性又大于性。

十一

再说第一个问题：爱情既然是美好的感情，为什么要专一，为什么不该多向呢？为什么不该在三个以至一万个人之间实现这种感情呢？好东西难道不应该扩大倒应该缩小到只是一对一？多向的爱情，正可与多向的性吸引相和谐，多向的性行为何以不能仍然是爱的仪式呢？那岂不是在更大的范围里摆脱孤独么？岂不是在更大的范围里敞开心扉，实现心灵的自由与和平么？这难道不是更美好的局面？

不能说这不是一个美好的理想。这差不多与世界大同类似，而且不单是在物质享有上的大同。在我想来，这更具有理想的意味。至少，以抽象的逻辑而论，没有谁能说出这样的局面有什么不美和不好。若有不美和不好，则必是就具体的不能而言。

问题就在这儿，不是不该，而是不能。不是理想的不该，不是逻辑的不通，也不是心性的不欲，而是现实的不能。

为什么不能？

非常奇妙：不能的原因，恰恰就是爱情的原因。简而言之：孤独创造了爱情，这孤独的背景，恰恰又是多向爱情之不能的原因。倘万众相爱可如情侣，孤独的背景就要消失，于是爱情的原因也将不在。孤独的背景即是我们生存的背景，这与悲观和乐观无涉，这是闭上眼睛也能感受到的事实，所以爱情应当珍重，爱情神圣。

倘有三人之恋，我看应当赞美，应当感动，应当颂扬。这与所谓第三者绝无相同，与群婚、滥交、纳妾、封妃更是天壤之别。唯其可能性微乎其微。更别说四。

十二

我知道有一位性解放人士，他公开宣称他爱着很多女人，不是友爱而是包含性且大于性的爱情，他的宣称不是清谈，他宣称并且实践。这实践很可能值得钦佩。但不幸，此公还有一个信条：诚实。（这原不需特别指出，爱情嘛，没有诚实还算什么？）于是苦恼就来了，他发现他走进了一个二律背反的处境：要保住众多爱情就保不住诚实，要保住诚实就保不住众多爱情。因为在他众多地诚实了之后，众多的爱人都冲他嚷：要么你别爱我，要么你只爱我一个！于是他好辛苦：对A瞒着B，对B瞒着C，对C瞒着AB，对B瞒着AC……于是他好荒唐：本意是寻找自由与和平，结果却得到了束缚和战争，本意要诚实结果却欺瞒，本意要爱结果他好孤独。他说他好孤独，我想他已开始成人。他或者是从动物进化成人了，或者是从神仙下凡成人了，总之他看见了人的处境。这处境是：心与心的自由难得，肉与肉的自由易取。这可能是因为，心与心的差别远远大于肉与肉的差别，生理的人只分男女，心灵的人千差万别。这处境中自由的出路在哪儿？我想无非两路：放弃爱情，在欺瞒中去满足多向的性欲，麻醉掉孤独中的心灵和做爱情的信徒，知道他非常有限，因而祈祷因而虔敬，不恶其少恶其不存，唯其存在，心灵才注满希望。

十三

不过真正的性解放人士，可能并不轻视爱，倒是轻视性。他们并不把性与爱联系在一起，不认为性有爱之仪式的意义，为什么吃不是爱的告白呢？性也不必是。性就是性如同吃就是吃，都只是生理的需要与满足，爱情嘛，是另一回事。这不失为一个聪明的主张。你可以有神圣的专注的爱情，同时也可以有随意的广泛的性行为，既然爱与性互不相等，何妨更明朗些，把二者彻底分割开来对待呢？真的，这不见得不是一个好主意，性不再有自身之外的意义，性就可以从爱情中解放出来，像吃饭一样随处可吃，不再引起其他纠葛了。但是，爱，还包含性么？当然包含，爱人，为什么不能也在一块吃顿饭呢？爱情的重要是敞开心扉不是吗，何须以敞开肉体作其宣布？敞开肉体不过是性行为一项难免的程序，在哪儿吃饭不得先有个碗呢？所以我看，这主张不是轻视了爱，而是轻视了性，倘其能够美满就真是人类的一次伟大转折。

但是这样，恐怕性又要失去光彩，被轻视的东西必会变得乏味，唾手可得的东西只能使人舒适不能令人激动，这道理相当简单，就像绝对的自由必会葬送自由的魅力。据说在性解放广泛开展的地方，同时广泛地出现着性冷漠，我信这是真的，这是必然。没有了心灵的相互渴望，再加上肉体的沉默（没有另外的表达），性行为肯定就像按时地服药了。假定这不重要，但是爱呢？爱情失去了什么没有？

爱情失去了一种最恰当的语言。这语言随处滥用，在爱的时候可还能表达什么呢？还怎么能表达这不同于吃饭和服药的爱情呢？正所谓“假作真时真亦假,无为有处有还无”了。爱情，必要有一种语言来表达，心灵靠它来认同，自由靠它来拓展，和平靠它来实现，没有它怎么行？而且它，必得是不同寻常的、为爱情所专用的。这样的语言总是要有的，不是性就得是其他。不管具体是什么，也一样要受到限制，不可滥用，滥用的结果不是自由而是葬送自由。

既然这样，作为爱的语言或者仪式，就没有什么别的东西能够优于性。因为，性行为的方式，天生酷似爱。其呼唤和应答，其渴求和允许，其拆除防御和解除武装，其放弃装饰和袒露真实，其互相敞开与贴近，其相互依靠与收留，其随心所欲及轻蔑规矩，其携力创造并共同享有，其极乐中忘记你我刹那间仿佛没有了差别，其一同赴死的感觉但又一起从死中回来，曾经分离但现在我们团聚，我们还要分离但我们还会重逢……这些形式都与爱同构。说到底，性之中原就埋着爱的种子，上帝把人分开成两半，原是为了让他们体会孤独并崇尚爱情吧，上帝把性和爱联系起来，那是为了，给爱一种语言或一个仪式，给性一个引导或一种理想。上帝让繁衍在这样的过程里面发生，不仅是为了让一个物种能够延续，更是为了让宇宙间保存住一个美丽的理想和美丽的行动。

十四

可为什么，性，常常被认为是羞耻的呢？我想了好久好久，现在才有点儿明白：禁忌是自由的背景，如同分离是团聚的前提。

这是一个永恒的悖论。

这是一切"有"的性质，否则是"无"。

我们无法谈论"无"，我们以"有"来谈论"无"。

我们无法谈论"死"，我们以"生"来谈论"死"。

我们无法谈论"爱情"，我们以"孤独"来谈论"爱情"。

一个永恒的悖论，就是一个永恒的距离，一个永恒孤独的现实。

永恒的距离，才能引导永恒的追寻。永恒孤独的现实，才能承载永恒爱情的理想。所以在爱的路途上，永恒的不是孤独也不是团聚，而是祈祷。

祈祷。

一切谈论都不免可笑，包括企图写一篇以"爱情问题"为题的文章。某一个企图写这样一篇文章的人，必会在其文章的结尾处发现：问题永远比答案多。除非他承认：爱情的问题即是爱情的答案。

1994 年

扶轮问路

坐轮椅竟已坐到了第三十三个年头，用过的轮椅也近两位数了，这实在是件没想到的事。一九八〇年秋天，“肾衰”初发，我问过柏大夫：“敝人刑期尚余几何？”她说：“阁下争取再活十年。”都是玩笑的口吻，但都明白这不是玩笑——问答就此打住，急忙转移了话题，便是证明。十年，如今已然大大超额了。

那时还不能预见到“透析”的未来。那时的北京城仅限三环路以内。

那时大导演田壮壮正忙于毕业作品，一下年轻人马加一个秃顶的林洪桐老师，选中了拙作《我们的角落》，要把它拍成电视剧。某日躺在病房，只见他们推来一辆崭新的手摇车，要换我那辆旧的，说是把这辆旧的开进电视剧那才真实。

手摇车，轮椅之一种，结构近似三轮摩托，唯动力是靠手摇。一样的东西，换成新的，明显值得再活十年。只可惜，出院时新的又换回成旧的，那时的拍摄经费比不得现在。

不过呢，还是旧的好，那是我的二十位同学和朋友的合资馈赠。其实是二十位母亲的心血——儿女们都还在插队，哪儿来的钱？那轮椅我用了很多年，摇着它去街道工厂干活，去地坛里读书，去“知青办”申请正式工作，在大街小巷里风驰或鼠窜，到城郊的旷野上看日落星出……摇进过深夜，也摇进过黎明，以及摇进过爱情但很快又摇出来。

一九七九年春节，摇着它，柳青骑车助我一臂之力，乘一路北风，我们去《春雨》编辑部参加了一回作家们的聚会。在那儿，我的写作头一回得到认可。那是座古旧的小楼，又窄又陡的木楼梯踩上去“咚咚”作响，一代青年作家们喊着号子把我连人带车抬上了二楼。“斯是陋室”——脱了漆的木地板，受过潮的木墙围，几盏老式吊灯尚存几分贵族味道……大家或坐或站，一起吃饺子，读作品，高谈阔论或大放厥词，真正是一个激情燃烧的年代。

所以，这轮椅殊不可以“断有情”，最终我把它送给了一位更不容易的残哥们儿。其时我已收获几笔稿酬，买了一辆更利远行的电动三轮车。

这电动三轮利于远行不假，也利于把人撂在半道儿。有两回，都是去赴苏炜家的聚会，走到半道儿，一回是链子断了，一回是轮胎扎了。那年代又没有手机，愣愣地坐着想了半晌，只好侧弯下身子去转动车轮，左轮转累了换只手再转右轮。回程时有了救兵，一次是陈建功，一次是郑万隆，骑车推着我走，到家已然半夜。

链子和轮胎的毛病自然好办，机电部分有了问题麻烦就大。幸有三位行家做我的专职维护，先是瑞虎，后是老鄂和徐杰。瑞虎出国走了，后二位接替上。直到现在，我座下这辆电动轮椅——此物之妙随后我会说到——出了毛病，也还是他们三位的事；瑞虎在国外找零件，老鄂和徐杰在国内施工，通过卫星或经由一条海底电缆，配合得无懈可击。

两腿初废时，我曾暗下决心：这辈子就在屋里看书，哪儿也不去了。可等到有一天，家人劝说着把我抬进院子，一见那青天朗照、杨柳和风，决心即刻动摇。又有同学和朋友们常来看我，带来那一个大世界里的种种消息，心就越发地活了，设想着，在那久别的世界里摇着轮椅走一走大约也算不得什么丑事。于是有了平生的第一辆轮椅。那是邻居朱二哥的设计，父亲捧了图纸，满城里跑着找人制作，跑了好些天，才有一家“黑白铁加工部”肯于接受。用材是两个自行车轮、两个万向轮并数根废弃的铁窗框。母亲为它缝制了坐垫和靠背。后又求人在其两侧装上支架，撑起一面木板，书桌、饭桌乃至吧台就都齐备。倒不单是图省钱。现在怕是没人会相信了，那年代连个像样的轮椅都没处买；偶见“医疗用品商店”里有一款，其昂贵与笨重都可谓无比。

我在一篇题为《看电影》的散文中，也说到过这辆轮椅：“一夜大雪未停，事先已探知手摇车不准入场（电影院），母亲便推着那辆自制的轮椅送我去……雪花纷纷地还在飞舞，在昏黄的路灯下仿佛一群飞蛾。路上的雪冻成了一道道冰棱子，母亲推得沉重，但母亲心里快乐……母亲知道我正打算写点什么，又知道我跟长影的一位导演有着通信，所以她觉得推我去看这电影是非常必要的，是件大事。怎样的大事呢？我们一起在那条快乐的雪路上跋涉时，谁也没有把握，唯朦胧地都怀着希望。”

那一辆自制的轮椅，寄托了二老多少心愿！但是下一辆真正的轮椅来了，母亲却没能看到。

下一辆是《丑小鸭》杂志社送的，一辆正规并且做工精美的轮椅，全身的不锈钢，可折叠，可拆卸，两侧扶手下各有一金色的“福”字。

除了这辆轮椅，还有一件也是我多么希望母亲看见的事，她却没能看见：一九八三年，我的小说得了全国奖。

得了奖，像是有了点儿资本，这年夏天我被邀请参加了《丑小鸭》的“青岛笔会”。双腿瘫痪后，我才记起了立哲曾教我的“不要脸精神”，大意是：想干事你就别太要面子，就算不懂装懂，哥们儿你也得往行家堆儿里凑。立哲说这话时，我们都还在陕北，十八九岁。“文革”闹得我们都只上到初中，正是靠了此一“不要脸精神”，赤脚医生孙立哲的医道才得突飞猛进，在陕北的窑洞里做了不知多少手术，被全国顶尖的外科专家叹为奇迹。于是乎我便也给自己立个法：不管多么厚脸皮，也要多往作家堆儿里凑。幸而除了两腿不仁不义，其余的器官都还按部就班，便一闭眼，拖累着大伙儿去了趟青岛。

参照以往的经验，我执意要连人带那辆手摇车一起上行李车厢，理由是下了火车不也得靠它？其时全中国的出租车也未必能超过百辆。树生兄便一路陪伴。谁料此一回完全不似以往（上一次是去北戴河，下了火车由甘铁生骑车推我到宾馆），行李车厢内货品拥塞，密不透风，树生心脏本已脆弱，只好于一路挥汗谈笑之间频频吞服“速效救心”。

回程时我也怕了，托运了轮椅，随众人去坐硬座。进站口在车头，我们的车厢在车尾；身高马大的树纲兄背了我走，先还听他不紧不慢地安慰我，后便只闻其风箱也似的粗喘。待找到座位，偌大一个刘树纲竟似只剩下了一张煞白的脸。

《丑小鸭》不知现在还有没有？那辆“福字牌”轮椅，理应归功其首任社长胡石英。见我那手摇车抬上抬下着实不便，他自言自语道：“有没有更轻便一点儿的？也许我们能送他一辆。”瞌睡中的刘树生急忙弄醒自己，接过话头儿：“行啊，这事儿交给我啦，你只管报销就是。”胡石英欲言又止——那得多少钱呀，他心里也没底。那时铁良还在医疗设备厂工作，说正有一批中外合资的轮椅在试生产，好是好，就是贵。树生又是那句话：“行啊，这事儿交给我啦，你去买来就是。”买来了，四百九十五块，八三年呀！据说胡社长盯着发票不断地咋舌。

这辆“福”字牌轮椅，开启了我走南闯北的历史。其实是众人推着、背着、抬着我，去看中国。先是北京作协的一群哥们儿送我回了趟陕北，见了久别的“清平湾”。后又有洪峰接我去长春领了个奖；父亲年轻时在东北林区待了好些年，所以沿途的大地名听着都耳熟。马原总想把我弄到西藏去看看，我说：下了飞机就有火葬场吗？吓得他只好请我去了趟沈阳。王安忆和姚育明推着我逛淮海路，是在一九八八年，那时她们还不知道，所谓“给我妹妹挑件羊毛衫”其实是借口，那时我又一次摇进了爱情，并且至今没再摇出来。少功、建功还有何立伟等等一大群人，更是把我抬上了南海舰队的鱼雷快艇。仅于近海小试风浪，已然触到了大海的威猛——那波涛看似柔软，一旦颠簸其间，竟是石头般的坚硬。又跟着郑义兄走了一回五台山，在“佛母洞”前汽车失控，就要撞下山崖时被一块巨石挡住。大家都说“这车上必有福将”，我心说是我呀，没见轮椅上那个“福”字？一九九六年迈平请我去斯德哥尔摩开会，算是头一回见了外国。飞机缓缓降落时，我心里油然地冒出句挺有学问的话：这世界上果真是有外国呀！转年立哲又带我走了差不多半个美国，那时双肾已然怠工，我一路挣扎着看：大沙漠、大峡谷、大瀑布、大赌城……立哲是学医的，笑嘻嘻地闻一闻我的尿说：“不要紧，味儿挺大，还能排毒。”其实他心里全明白。他所以急着请我去，就是怕我一旦“透析”就去不成了。他的哲学一向是：命，干吗用的？单是为了活着？

说起那辆“福”字轮椅就要想起的那些人呢？如今都老了，有的已经过世。大伙儿推着、抬着、背着我走南闯北的日子，都是回忆了。这辆轮椅，仍然是不可“断有情”的印证。我说过，我的生命密码根本是两条：残疾与爱情。

如今我也是年近花甲了，手摇车是早就摇不动了，“透析”之后连一般的轮椅也用着吃力。上帝见我需要，就又把一种电动轮椅泊来眼前，临时寄存在王府井的医疗用品商店。妻子逛街时看见了，标价三万五。她找到代理商，砍价，不知跑了多少趟。两万九？两万七？两万六，不能再低啦小姐。好吧好吧，希米小姐偷着笑：你就是一分不降我也是要买的！这东西有趣，狗见了转着圈地冲它喊，孩子见了总要问身边的大人：它怎么自己会走呢？据说狗的智力相当于四五岁的孩子，他们都还不能把这椅子看成是一辆车。这东西才真正是给了我自由：居家可以乱窜，出门可以独自疯跑，跳舞也行，打球也行，给条坡道就能上山。舞我是从来不会跳。球呢，现在也打不好了，再说也没对手——会的嫌我烦，不会的我烦他。不过呢，时隔三十几年我居然上了山——昆明湖畔的万寿山。

谁能想到我又上了山呢！

谁能相信，是我自己爬上了山的呢！

坐在山上，看山下的路，看那浩瀚并喧嚣着的城市，想起凡·高给提奥的信中有这样的话："我是地球上的陌生人，（这儿）隐藏了对我的很多要求"，"实际上我们穿越大地，我们只是经历生活"，"我们从遥远的地方来，到遥远的地方去……我们是地球上的朝拜者和陌生人"。

坐在山上，看远处天边的风起云涌，心里有了一句诗：嗨，希米，希米／我怕我是走错了地方呢／谁想却碰见了你！——若把凡·高的那些话加在后面，差不多就是一首完整的诗了。

坐在山上，眺望地坛的方向，想那园子里"有过我的车辙的地方也都有过母亲的脚印"；想那些个"又是雾罩的清晨，又是骄阳高悬的白昼……”想那些个“在老柏树旁停下，在草地上在颓墙边停下，又是处处虫鸣的午后，又是鸟儿归巢的傍晚……”想我曾经的那些个想：“我用纸笔在报刊上碰撞开的一条路，并不就是母亲盼望我找到的那条路……母亲盼望我找到的那条路到底是什么？”

有个回答突然跳来眼前：扶轮问路。是呀，这五十七年我都干了些什么？——扶轮问路，扶轮问路啊！但这不仅仅是说，有个叫史铁生的家伙，扶着轮椅，在这颗星球上询问过究竟。也不只是说，史铁生——这一处陌生的地方，如今我已经弄懂了他多少。更是说，譬如“法轮常转”，那“轮”与“转”明明是指示着一条无限的路途——无限的悲怆与“有情”，无限的蛮荒与惊醒……以及靠着无限的思问与祈告，去应和那存在之轮的无限之转！尼采说“要爱命运”。爱命运才是至爱的境界。“爱命运”即是爱上帝——上帝创造了无限种命运，要是你碰上的这一种不可心，你就恨他吗？“爱命运”也是爱众生——设若那一种不可心的命运轮在了别人，你就会松一口气怎的？而凡·高所说的“经历生活”，分明是在暗示：此一处陌生的地方，不过是心魂之旅中的一处景观、一次际遇，未来的路途一样还是无限之问。

2007 年 11 月 20 日

老好人

老好人，也叫滥好人，曾经是个温和的贬义词，如今偏向中性，但从来不是褒奖。温和，是说它并不直接表露敌意；曾经呢，则尤其让人想起那个阶级斗争大行其道的年代。

“好人”应属赞美，怎么加上个“老”字就变了味儿呢？其曲折的逻辑大概是这样的：在这个纷争不断的世界上，你可以一时一域被赞扬，怎么可能老被赞扬？可以被此一类人称道，怎会也被彼一类人称道？我就曾亲闻一老好人被温和地质问：怎么好人坏人都说你好呢？问得他只有施展其老好人的独门功夫——一脸的愧笑。因此有理由怀疑他善诡计。有理由，也有证据吗？人无完人便是证据。或者说，人无完人，所以证据是一定会有的。

一个人，所以做成了老好人，是经由了一条怎样的心理路径呢？我猜，人们从来都是知道的。为什么？因为几乎没人愿意去触动那一条路径上的迷障。比如我，我就是在敢于知道的那一刻才知道：其实我从来就是知道的。

忘记是在哪一处大雅之堂了，正中的匾额上四个大字：一团和气。一望之下竟让我悲喜交加：好哇好哇，原来这话不单可以用于讥讽、警告和批判，还可以是堂堂正正的倡导！于是我第一次敢于有了为老好人辩护的冲动：人们指责于老好人的，以及老好人从小到大的盼愿，不就是这个“一团和气”吗？不就是你好、我好、大家好吗？比如像儿时那样“排排坐，吃果果”，人人对人人都怀有一份羡慕，并一份祝贺。为了一团和气，老好人是情愿于中出些拙力的——掩盖矛盾，粉饰太平，两头儿说好话，甚至于不惜替别人撒点儿谎、做点儿弊，又甚至于这谎与弊都不够周全，倒让自己一回回落得尴尬。比如说 S 吧，就曾把友人 A 对友人 B 的恶语改装成友人 A 给友人 B 的些许建议，而后转达。就我所知，B 听后火气顿减，S 就势再淋些水上去，虽不能彻底浇灭B的怒火，可待其反馈到A时，已是嗞嗞地释放着暖意了。然而，事后A与B难免碰面，你一言我一语终于发现情况并不似此前的转达与反馈，火气于是再度攀升，怒目便一齐瞄准了S——这个倒霉的老好人。

老好人与谄媚者不同，虽说也难免行些逢迎之事，但都不是计谋，尤其没有对权力与物利的期寄，否则人们会直接叫他坏人的。老好人所以又不同于善诡计者，因其有着自守的道德底线：绝不存害人之心，即便逢迎，也只为营造一团和气，借以保护自己和亲人的一份幸福，或仅仅是平安。而这就造成他的一个致命缺点：软弱。进而又为他打造出一份劣迹：不敢坚持真理。至于那种“拔一毛利天下而不为”者，则只能算作极度的自私自利，并不在老好人的范围。

人们不直接说他们是坏人，又不直接说他们是好人，偏不嫌麻烦地创造出“老好人”一词来，想必多有深意。

首先，老好人之平生所愿，实在是平凡、平常、平庸之至，既无效圣贤之愿，又无做英雄之胆，当然也不存强梁、流寇之祸心。平凡若此，怎又会惹人注目起来呢——譬如那独享的称号竟广泛并恒久地传扬？想来原因约在：不知自何日始，众多人定的真理与正义纷纷强大并呈敌我之势，遂令胆识俱乏的凡夫俗子们常陷迷惘与惧怕，只好以孱弱的笑脸左右支撑（逢迎）；这便惹得“好人”和“坏人”都看他们是另类，因而双方的意见于此竟难得地统一起来：加个“老”字给他们吧，以示区分。

至此有了三个问题：1. 无论是“好人坏人都说你好”，还是“好人坏人都看他们是另类”，这“好人”与“坏人”先要由谁和根据什么来认定？ 2. 那个“老”字，何故偏偏是加在了“好人”而不是“坏人”的头上呢——比如“老坏人”？ 3. 老好人的愧笑，愧于何因？这些问题容后再想。

还有个问题：是软弱的本性使得老好人立场不明呢？还是生性不喜欢门门派派，更弄不大懂种种主义，才造成了老好人的软弱？这也先不管他吧，只问：老好人的信奉是什么？

别说没有，任何引人注目的行径都必有其信奉的支撑。拨开重重迷障，或掘开层层愧笑去看其深处的埋藏，你会发现，老好人唯本能地倾向着一个自明的——但并非是说他自己早已明晰的——真理：爱。比如父母之爱，兄弟姐妹之爱，夫妻或恋人之爱，总之是亲人之爱。这样的爱狭隘吗？好吧，就算仍难免有些狭隘，可一切伟大的爱难道不是由此发生？“老吾老以及人之老，幼吾幼以及人之幼”，此一圣贤之言不单道出了爱的博大，也道出了爱之涓细的源头。我不信，连至亲至爱都可以凛然弃之者，能有什么伟大的爱。

我屡屡设想过叛徒的处境与原由，有些比较容易甄辨曲直，从而取舍归弃也自明朗，但更多的却是迷蒙晦暗——观其情也真，察其心也善，然其处境却是进退维谷；即便让我这局外人冷静地选择——爱吾爱以及人之爱，危吾危以及人之危——也仍是百思难取所归。故常暗自谢天地——谢那个任谁也拿捏不准的偶然性，庆幸着危难未临于我，否则就怕于某史犹豫之际，这世上早又多出了一个叛徒。

唉唉，一切理论之于实际都太苍白，一切理性之于真正的疑难都太无奈，很多时候我们只有仰天祈祷，而难有实际作为。

祈祷什么呢？那就先得问：真正的疑难是什么？

比如《安提戈涅》。安提戈涅要违背国王“按律法与正义”所颁布的命令，去埋葬她的一个哥哥，但这样，她就会跟她这个哥哥一样成为城邦的叛徒。妹妹伊斯墨涅劝她：“你这样大胆吗，在克瑞昂颁布禁令之后？”安提戈涅回答：“他没有权力阻止我同我的亲人接近。”妹妹再次提醒姐姐这样做的可怕后果，而后说：“我们处在强者的控制下，只好服从这道命令。”姐姐说：“（那）你就藐视诸神所珍视的东西吧。”伊斯墨涅说：“我并不藐视诸神所珍视的东西，只是没有力量和城邦对抗。”安提戈涅说：“你可以这样推托……（但）我会恨你，死者也会恨你……让我和我的鲁莽为担当这件可怕的事而受苦吧，我不会遭受比卑贱的死更可怕的事情了。”最后，妹妹伊斯墨涅对姐姐安提戈涅说：“如果你想去（做）的话就去（做）吧，你可以相信，你这一去虽是鲁莽，你的亲人却认为你是可爱的。”

一边是亲情，是神所珍视的东西，一边是人定的律法与正义，是成为叛徒的可怕后果，你怎样取舍？这样的疑难古今中外多有发生。

安提戈涅立场坚定，安提戈涅芳名千古。国王克瑞昂的立场也很坚定，并具正义之名。可伊斯墨涅怎么办？毫无疑问，她将遭受最可怕的事情——卑贱地死，并且卑贱地生。因为她既不像克瑞昂那样藐视诸神所珍视的东西，又没有力量像安提戈涅那样与城邦对抗，因而她要么是背叛城邦，要么是藐视诸神。我常想，如果伊斯墨涅仰天祈祷，她（以及老好人）会祈祷什么？咳，我自己就这样祈祷过呀——当我发现某史很可能为人间增加一个叛徒之时，我曾屡屡祈祷：让人人都对人人怀有爱意吧，让人人——包括那个克瑞昂——都能够珍视神所珍视的东西吧！那样，就既没有安提戈涅式的危险，也没有伊斯墨涅式的疑难了。

“《安提戈涅》是一部悲剧，并不是因为上帝的律法和凡人的律法之间产生的冲突。使这部戏成为悲剧的正是安提戈涅本人……真正的悲剧在于她的感受力。”（《希腊精神》）是呀，感受力！不被感受的东西等于没有，不被发现的冲突则不能进入灵魂的考问，而只有这样的感受力使悲剧诞生，使灵魂成长。

这样看，伊斯墨涅就更是悲剧。“黑格尔说，悲剧唯一的主题是精神斗争，而且斗争中的两种精神都引起我们的同情。”（《希腊精神》）伊斯墨涅的处境更加引发我们的这种同情，更能唤醒我们的感受力；或者说，伊斯墨涅才是这部戏中最具悲剧性的人物，她一生都将处在被撕裂的感受中。

这便使每一个诚实的人都要设身处地于一些严酷的选择，或令每一颗诚实的心都处在了伊斯墨涅的位置。譬如当神的珍爱与人的律法相悖之时，或爱与正义发生了冲突，你将怎样取舍？譬如一边是至爱亲朋的受苦，甚至惨死，一边是城邦（或组织）利益，以及叛徒的千古骂名，你怎样取舍？又譬如，在诺曼底登陆前夜，为使德军不知盟军已然破译了他们的密码，故当盟军获悉德军即将轰炸某城市时，却对那城市的居民隐瞒了消息，以致更多的人死于那次轰炸——对此，又当怎样评价？

我不知道。我说过了，如是疑难让我百思难取所归。譬如一场战争，一个平头百姓只可能判断其正义与非正义，断无就其战略、战术以及情报的可靠与否而做出支持或反对的能力。不过，话还是说大了——你真能判断出正义与非正义吗？若双方均称占有“真理”和“正义”，并都拿出了缜密的理论支持或“神授”的证据，你将何弃何归？抑或，那就反对一切战争吗？可是，若一残暴势力（如法西斯）欲灭你的族群呢？唔，那当然不行！是呀，这一回我们可以毫不犹豫地说“不”了。但是，什么理由呢？理由就是那自明的真理，即神所珍视的东西：爱！

我终于知道我能够知道什么了。我终于确信我能够确信什么了。我终于看清，一个平头百姓，乃至一些自诩为“家”的人，能够辨认并确信的，只有那个自明的真理。新闻可以虚假，情报可有疏漏，理论尤其会仗势欺人，唯神所珍视的东西是牢靠的依凭。然后还要警惕：万勿在那“爱”字前后掺入自制的使用说明，相反，要以神所珍视的，去比照和监督人所制定的。

但这有用吗？人间的困苦与疑难，能因这爱的祈祷而消灭吗？但是，有和没有爱的祈祷，后果是大不一样的，尤其是那些人定的东西会随之大不一样。如果只有人定的真理与正义，则难免还是“真理战胜真理，子弹射中子弹”。

困苦使人祈祷。疑难使人求助于爱。而“果敢”的人们多是感受不到疑难的，故也无须这爱的祈祷，他们只要鲜明的立场就够了。譬如克瑞昂的城邦立场。也譬如安提戈涅的家族立场。安提戈涅一方面说“我的天性不喜欢跟着人恨，而更喜欢跟着人爱”，一方面又对伊斯墨涅说“我会恨你，死者也会恨你”。什么原因使她前后矛盾？还是立场，鲜明的家族立场——她的诸神还远非博爱的基督。

“因为‘神—人’钉在十字架上的事件，使基督教迈向了一种以爱和自由的神秘关联为核心的伦理宗教。上帝舍了自己的儿子，为世人开辟了成圣与称义的道路。”（李猛《爱与正义》）

但并不是说，种种人定的真理与正义就该废除，而是说所有这些东西，都要看它是否符合神的珍爱，是否符合那十字架上的启示。是呀，神子是犹豫的："父啊！在你凡事都能，求你将这杯撤去，然而不要从我的意思，只要从你的意思。"(《圣经 · 马可福音 14 : 36》)

倘若"正义"凛然却无怜爱之心，总是以"我的意思"来断人间的案，感受力必会遭受致命的损失。譬如《安提戈涅》式的事件，处处都有，却非处处都有悲剧或悲剧精神，原因何在？就在那感受力的缺失。还是那句话：不被感受的东西等于从未发生，不被发现的冲突则不能进入灵魂的考问。但这感受力并非出自生理基因，而是出自文化结构——设若此一族群只信奉"君权神授"，而从无"天赋人权"的信念，其结构便少了至关重要的一极。君、神等值，自然就只有人断人案了，进而是君断臣案，官断民案，以及自命的"好人"来断"坏人"与"老好人"的案。所以，大凡这样的地方，除了喜剧便只有惨剧，很少有悲剧。

悲剧，是任人多么聪明能干，也难免要陷入的疑难，尤其是对这疑难之敏锐的觉察。而这样的觉察，或这样的感受力，绝不因为疑难仍是疑难而无所作为；转而求教于神的珍爱，便使爱的天国有望，或已然使其诞生。而惨剧止于求助清官，就算清官总能够战胜赃官，灵魂也无望长大——转来转去还是那一个愚昧的圈圈。

“和能在生活中看到悲剧的那种心性相对（立）的不是看到欢乐的那种心性……（而）是认为生活是肮脏的看法。当人们看到人性中缺乏尊严和意义，人性是琐碎、卑贱的，而且陷入了凄凉无助的境地的时候，悲剧的精神就已经不存在了。”（《希腊精神》）

悲剧使灵魂成长，譬如那个克瑞昂最后也悔悟道：“一个人最好是一生遵守神定的律条。”而（尤其是中国式的）惨剧和喜剧，则是惨也归因于（赃）官，喜也归因于（清）官，说来说去，凡夫俗子的命运好歹都是捏在强人手里的，与神的珍爱无涉。于是“神”也就跟着变味儿——都成了强人的仆从。百姓无奈，有本事的便一天到晚去跑关系，往强人堆儿里挤；朝中无人而又胆大包天的，便去落草为寇；剩些自认的弱者，就只好凭那一副笑脸去左右支撑。

现在来看前面留下的三个问题。第一个问题应该已经有答案了："好人"与"坏人"，或是由强人指认，或就要以神的珍爱来比照，来甄别。

第二个问题要曲折并有趣得多：所以"好人"和"坏人"都看"老好人"是另类，实在也是出于犹豫——显意识要求他们立场坚定，潜意识里却又知道什么是神的珍爱，以及那自明的真理。就是说，他们都知道老好人实在是好人——即"不喜欢跟着人恨，而更喜欢跟着人爱"的那种人，所以一致赞成：那一个"老"字，还是加在"好人"而非"坏人"的头上吧。有趣，有趣，"人类本性的哲学都清晰地表现在人类的语言之中。"（《希腊精神》）另一条思路是：众人或不识"爱"乃真理之最高，却本能地倾向它，或无能分辨某些人定真理与正义的不足或伪善，却本能地对之存疑并惧怕，所以想来想去，还是把"好人"二字留给这一"另类"吧。

这既说明众人对爱的认同，又包含着某种愧对，更是要为大家保留下一处可避强权的、爱与自由的乐土。

第三个问题，即老好人的愧笑，愧于何因？很明显，是愧于软弱，愧于自己的不敢坚持真理。而这恰恰说明，凭其天赋的爱愿，他们并非看不清什么是真理，什么是正义；并非感受不到，种种人定的真理与正义是符合了还是违背着神的珍爱。而这又说明：即便是人定的真理和正义，也是多么必要，多么必要却又多么艰难，甚至多么严酷。

“可是神子最后是说‘成了’……因为十字架事件正是以爱成全了律法，成全了将基督交在彼拉多手下的律法。”（李猛《爱与正义》）

这最是“十字架上的启示”堪称伟大之处。人类走出了伊甸园，人类社会要延续、要发展，不可以没有规则。而条条规则，难免都要由人来制定，但条条人定的规则，又必须要符合神的珍爱。这暗示着，人定的规则与神的珍爱，其间的差距甚至是经常的。但是，经常的并不等于是正当的，而只是表明了不得已。显然，“不得已”就更不能引为正当。但“不得已”的不正当，难道可以靠“子弹射中子弹”来纠正？换句话说，违背了神的珍爱的暴力，难道能够纠正违背了神的珍爱的规则或律法吗？不言而喻，那将使我们离神的珍爱愈行愈远。所以，“不得已”只应该意味着：必须要保持信仰的经常——即只有经常地以神的珍爱为比照、为要求，才可能纠正人的恶与疏失。理由很明确，也很简单：唯神的珍爱是一切规则或律法的正当性来源。

甚至，连爱也是这样。爱，谁不会说？但是，离开了神的珍爱的督察，人间的万事万物就没有什么不可能变成压迫力量的。比如，人不会在“爱”的名义下行其压迫吗？真是难了。不过识别的方法也简单，还是那样：看看这人的珍爱，是否符合或接近着神的珍爱吧。

2007 年 11 月 22 日

人的价值或神的标准

有回在外吃饭，餐厅里人不多，忽一个清晰的女声传来：“人的价值不就是社会价值吗？”很是突兀，也不知此前是何铺陈。环顾四周，只见不远处坐了一对中年男女，男人仪表平平，女人着装时尚却似不够协调。见我注意他们，声音于是低下去，但我的听力却随之灵敏了许多。男的接着说：“不一样，我跟你说真的是不一样。”女的说：“怎么不一样？”男的抽烟，呆望着飘摇的烟缕。女的慢慢咀嚼，似胸有成竹。半天，男的又说：“你认为人的价值，仅仅是社会认定吗？”女的紧跟着问：“那你倒是说说，还有什么？”男的反问：“那你也说说，你所谓的社会价值都指什么？”这下轮到女的语塞了。很久，可能是发现有人仍在偷听，他们起身换了个座位；女的走过我身旁时不轻不重地扫了我一眼。

我当然不能跟过去，但天生的毛病——我开始在心里替那个女人问，然后帮那个男人答。那女人的问题简单说是这样：除了社会价值，莫非人还有什么单独的价值？也就是说：离开社会谈人的价值，是不是一句空话？但正如那男人所问，社会价值又是指什么呢？我想来想去，觉得只能是指社会贡献。故那女人的问题可以总结为：除了以社会贡献来衡量人的价值，不可能还有什么其他标准。是呀，人除了是社会的人，就剩下生理的人，总不会说还有个生理价值吧？

这么一绕可真是有点儿晕。不以社会贡献而论的“人的价值”，可有吗？是什么？这样一想还真是有点儿空。

那女人的声音忽又大起来：“那好，你举个例子！”

举个例子？什么例子？唔，我想我可以帮帮那个男人了。

透析，听说过吗？一种疗法。比如说你得了尿毒症，要死，有种疗法叫“透析”，透了你就能活，不透你很快就死。但这疗法价格昂贵，十几年前我开始透析的时候，人分两类——有公费医疗的和没有公费医疗的，后者若非“大款”，肯定是负担不起每年十几万的透析费。这就有问题了：假定公费医疗确实体现了社会贡献，那么没有公费医疗或尚无社会贡献的人，就该死吗？我曾亲眼见一农村青年，跟着他憔悴的母亲来透了几次，就打算结账回家了。那一刻透析室里一无声息，所有的人都知道这意味着什么。那时人们都在想什么？社会贡献，还是人的价值？（谢天谢地，据说就要实行“全民医保”了，但愿它能成功。）再譬如这次汶川大地震，救人时，料也不会有谁去想，压在废墟下的人社会价值如何吧。事实上，即便在那个阶级斗争最为疯狂的年代，在人们心底，人的价值也是独立于社会价值的——雷锋在帮助陌生人时，可曾想过他的社会贡献吗？

人的价值是神定的标准，即人一落生就已被认定的价值。想来，神的标准也有上下线之分，即“下要保底”——平等的人权，“上不封顶”——理想或信仰的无限追求。所以，人除了是社会的人，并不只剩下生理的人，人还是享有人权的人、追求理想和信仰的人。

而社会价值是人定的标准，是针对人性的缺憾而设的奖惩措施，想来实为无奈之举。譬如多劳多得，根本还是名与利的鼓舞。譬如种种名或利的排行榜，就像股市大盘；据说在股市中，投资与投机皆属必要，二者协同而成一双看不见的手，推动着我们丰衣足食。其实还有第三只手，即操纵股市的人——造假象以乱规则，伺机猎取暴利；这真与弄排行榜者同心同“德”——设虚衔以惑人心，从中收获权名。

有位大慈善家说过：富人之富（也可引申到名人之名），是社会发展的副产品，独占之是不道德的行为。我理解这意思是说：社会发展不可不赖于竞争，而竞争必致人分贫富，所以竞争乃富人与穷人的合作，合作的副产品岂可归一方享有？换个角度，穷人之穷也是这合作的副产品，自然也不该由一方承担。隐隐地我们听到上帝的声音了。

或许可以这样说吧：人的价值即神的标准。社会价值是人的弱点使然。对社会价值斤斤计较或耿耿于怀，是不道德的行为。慈善事业，是以神的标准来弥补人的缺陷。而第三只手，从来就是偷儿的别名。

2008年5月27日

身与心

若把人仅仅视为肉身，余者不过其功能种种，当然就会看人生是一场偶然的戏剧，“死去原知万事空”，及时行乐最是明智之举。可不是吗，既然人曾经是、终归仍不过是一堆平等的物质，又何必去问什么意义。尤其这戏剧不单偶然，而且注定是苦难重重，又何苦对之抱以太多热情，莫如把希望寄于死后或来生—— 一处清静无忧的所在。这差不多是一类信仰的根源。问题是它把生命看得太过直观，多有思问者怕不会满足；比如说吧，谁知道死后会是啥样？凭什么我要相信你的描述？

若把人生看作精神之旅，肉身不过一具临时载体，好比一驾车马，“乘物以游心”，你还会贬低意义，轻视热情，宁愿生命仅仅是一次按部就班的生理消费吗？这是另一类信仰的起点。但这类信仰，至少有三个问题需要解决。

一是要证明精神的永恒，即精神并不随着肉身的死亡而告消灭，否则热情和意义便失根基。此题其实并不难解，因为证据一向都不隐蔽：人类生生死死已历多少世代，但毁灭的全是肉身，精神何曾有过须臾止息！

二是要证明，困苦之于人生，是死也难逃的宿命，否则就会助长以死来赴极乐的期冀。此题的解法也不复杂：除非死等于无，否则你逃到哪儿去也还是一种生的状态；而死若等于无呢，无的意思是不存在，你又怎能逃到一处并不存在的地方去呢?

三、于是有人要强调“我”了——我的精神，我的精神难道不会随着我的死亡而消散吗？可事实上，“我的精神”若不融入“类的精神”，就不能算是精神，而仅仅还是肉身，或某一肉身顺便携带的一点点自行封闭和断绝的消息。有谁会认为一己私欲也算得一种精神吗？比如一块瓷片，所以被珍重，是因为它与一具完整的瓷器相关，故可传达某种审美精神；倘其太过破碎，除了是块碎片跟谁也挨不上，确实它就不必热情，也无须意义，它已然是回归了清静无忧的所在。

相信人即精神之旅者，必会关心生命的意义，唯意义能够连接起部分和整体，连接起暂时与永恒。而相信人即肉身者，关心意义可不是累、抱紧热情可不是傻吗？但其行为常又乖张：只因不见意义，便说没有意义，而“没有意义”却又被强调成一种意义，甚至信仰。

我是说，这两类信仰的根源和取向大相径庭，并无取消一种的意思。譬如我，早晨一睁眼便相信后一种，晚上一上床，自然而然地也赞成前者。后一种让我满怀热情地走进生活，在寻求意义的过程中享受欢乐，而前者是最好的心理医生，或安眠曲。怎么回事？我这人太没主张，一会儿把人视为精神，一会儿又看人只是肉身？可不就这么回事！我既是我，我又是史铁生，既然身心兼备，自当各派其用。早晨一睁眼，身助心愿，心就像个孩子，驾驶着身之车只争朝夕；晚上一上床，心随身安，身就像辆破车，心再不要打扰它，只要维护它、安慰它：睡你的觉吧，万法皆空。其实呢，无论何时何地，人生之事莫非身、心两类，怕只怕弄颠倒了。

比如名，实为身所有，即那史之牵挂，或那偶然车马之悲欢；“轻轻地我来了”，我跟着沾点儿光和累，“轻轻地我走”后呢，谁还管他是谁——弄得好了是某种思问之标识，弄不好唯一缕烟尘！但写作，那可是我的事，我从中成长，苦乐兼得，由个傻小子渐渐长得像个明白人了。待某日那史一闭眼走了，车毁马亡，但愿助我成长的事情仍可借另一驾车马助我成长。当然了，卸磨杀驴极不道德，故也该对那史抱以谢忱：为了我的游历和成长，哥们儿你受累了、受苦了、尽力了，多谢多谢了。还能怎样？我还嫌他生前腿也敷衍、肾也塞责，弄得我苦不堪言呢！就像民歌中唱的：“灰毛驴驴地上唻，灰毛驴驴地下，一辈子也没坐过好车马……”

2008 年 6 月 1 日

回归自然

所谓“回归自然”,到底什么意思？尤其涉及精神或心性，“自然”究竟是指怎样一种状态？是说“人一思考上帝就发笑”，唯无思无念、随遇而安才算自然吗？可人生来就有其代谢机制，又有其感知系统，既是一套生理结构，又是一种精神存在，启动一半关闭一半，难道不是违背自然，倒算回归？

“人一思考上帝就发笑”，怎么不好？设若人不思考，上帝也不发笑，这茫茫宇宙可还有什么活气儿？或者是人在思考，上帝那边毫无动静，难道不扫兴？再或者，人不思考，唯上帝独自发笑，那岂不更吓人？在我想，人一思考上帝就发笑，上帝一发笑人便继续思考，于是乎宇宙生气勃勃，一条人生路也才趣味盎然，这有多好！上帝的笑绝无恶意，那既是欣慰于人类的不屈不挠，又是对其难免的幼稚忍俊不禁。

上帝是怎样创造世界的？先是分开光明与黑暗，然后分开天地，分开日月星辰，分开植物与动物，最后分离出人……这样一步一步分开，明显是促成着观察与思考：先是廓清视野——给出相对的确定性；然后拓展时空——保证恒久的延续性；再使物种丰繁——有足够的复杂度；继而推出能够迁移的物类——使复杂保持动态；最后是人——不单能够迁移，还能够观察、思考，不单观察和思考他者，还要自我反观与反省。想来，"回归自然"绝不是说一步步再倒退回去吧。

那么，违背自然者何？真可谓千姿百态，不胜枚举。比如说，清晨，一半裸女子瑟缩于敞开的衣柜前，长吁短叹，愁眉不展，几十套衣裙中竟挑不出一件让她满意的——这如果是一幅摄影作品，标题就叫作《后现代匮乏》吧。再比如一头牛，在遥远的乡间长大，被健硕的屠夫宰割，空运海运地来城市，请衣冠楚楚的官员检疫，由四季冬装的工人冷藏，再经一灰头土脸的司机运到餐馆，便有技艺非凡的厨师把它变成佳肴，又有优雅的侍者把它送上餐桌，于鲜花美酒间听些闲话，而后“咔嚓”一声原封不动地就进了垃圾箱……这事儿我总琢磨，外星人会怎样理解——地球人就这么个玩法？还有抑郁症，古人或看那是天赋异禀吧：没人招他没人惹他也没人帮他，不会儿工夫他就能把自己弄得面目全非——面色青苍，呼吸紧促，神情恍而惚之，周身僵且硬也。检查吧，没毛病；谈谈吧，啥也懂。这对唯物主义是个打击，单凭某种“意念”就能做这么大的功。再说装修，劳心劳力的总该是为了住得更舒适吧，倒有人把家改建成了“毒气室”。还有防盗门和护窗栏，以往都是把贼人投入牢笼，怎么现在好人倒坐进了铁门和铁窗？科学发达、经济发展、文明进步，原都是为人谋幸福的，结果怎会这样？水也不够用了，空气也不可靠了，土地也板结了、沙化了，虽说处处都已机械化、电器化、信息化了，怎么人倒弄得更紧张、更焦灼、更抑郁了？若仅从结果推断动机，你肯定不会想到自虐狂吗？

也甭说哪国哪民，整个人类都像是走错了道儿，是得想想如何回归自然了。但人是在哪一步上开始背离自然的呢？

还说那句话吧——“人一思考上帝就发笑”，这是劝人不要思考，还是抱怨上帝不该发笑？是说上帝一发笑人就该闹情绪呢，还是说人一思考，上帝就得“啦啦队”似的为他叫好？人真是得不断温习上帝对约伯说过的那个意思：我创造世界的时候你在哪儿？看来人的背离自然，起因就在信仰的两路歧途：一是执迷于无苦无忧，一是妄想着全知全能。

细细想来，“无苦无忧”的极致莫过于一块无知无觉的石头，而欲“全知全能”者则难免弄些偶像出来，甚至自命为神。要做石头的就让他做石头去吧，只要不强迫别人也做石头。要做神明的可不敢就让他做了神明，他要把人人都当石头来安排。人，永远是这星球（或宇宙）的一部分，局部的无限扩张能是什么结果？癌变而已。癌，即局部不可阻挡的扩张，看样子也是想全知全能，结果办不到，却扰乱了内分泌——有点儿像生态系统——的平衡，破坏了五脏六腑——有点儿像社会结构——的和谐，最终毁灭了整体顺带也毁灭了自己。

或许，上帝正是以其笑声告诉我们何为“回归自然”吧：

既知自己乃上帝全部作品之一微弱局部，永远别指望全知全能；又不可放弃思考，尤其是要思考：这一微弱的局部，如何在一条永恒的路上行走。

2008年6月5日

喜欢与爱

说真的，我并不喜欢我的家乡，可扪心而问，我的确又是爱它的。但愿前者不是罪行，后者也并非荣耀。大哲有言，“人是被抛到世界上来的”，故有权不喜欢某一处“被抛到”的地方。可我真又是多么希望家乡能变得让人喜欢呀，并为此愿付绵薄之力。

不过，我的确喜欢家乡的美食，可细想，我又真是不爱它。喜欢它，一是习惯了，二是它确实色香味俱佳。不爱它，是说我实在不想再为它做什么贡献：原因之一是它已然耗费了吾土吾民太多的财源和心力；二是它还破坏生态，甚至灭绝某些物种。

喜欢但是不爱，爱却又并不喜欢，可见喜欢与爱并不是一码事。喜欢，是看某物好甚至极好，随之而来的念头是：

欲占有。爱，则多是看某物不好或还不够好，其实是盼望它好以至非常好，随之而得的激励是：愿付出。

尼采的“爱命运”也暗示了上述二者的不同。你一定喜欢你的命运吗？但无论如何你要爱它；既要以爱的态度对待你所喜欢的事物，也要以同样的态度对待你不喜欢的事物。大凡现实，总不会都让人喜欢，所以会有理想。爱是理想，是要使不好或不够好的事物好起来，便有“超人”的色彩。喜欢是满意、满足，甚至再无更高的期盼，一味地满意或满足者若非傻瓜，便是“末人”的征兆。

把喜欢当成爱，易使贪贼冒充爱者。以为爱你就不可以指责你，不能反对你，则会把爱者误认为敌人。所以，万不可将喜欢和爱强绑一处。对于高举爱旗——大到爱国，小到爱情——而一味颂扬和自吹自擂的人，凝神细看，定能见其贪图。

爱情也会有贪图吗？譬如傍大款的，哪个不自称是“爱情”？爱国者也可能有什么贪图吗？从古到今的贪官，有谁不说自己是“爱国者”？上述两类都不是爱而仅仅是喜欢，都没有“愿付出”而仅仅是“欲占有”。喜欢什么和占有什么呢？前者指向物利，后者还要美名。

爱情，追求喜欢与爱二者兼备。二者兼备实为难得的理想状态，爱情所以是一种理想。而婚姻，有互相的喜欢就行，喜欢淡去的日子则凭一纸契约来维系，故其已从理想的追求降格为法律的监管。美满家庭，一方面需要务实的家政——不容侵犯的二人体制，和柴米油盐的经济管理，倘其乱套，家庭即告落魄，遂有解体之危；另一方面又要有务虚的理想或信仰——爱情，倘其削弱、消失或从来没有，家庭即告失魂，即便维持也是同床异梦。爱国的事呢，是否与此颇为相似？

不过，爱情的理想仅仅是两个人的理想吗？压根儿就生在孤岛上的一对男女，谈什么爱情呢？最多是相依为命。孤岛上的爱情，必有大陆或人群做背景——他们或者是一心渴望回归大陆，或者原就是为躲避人群的伤害。总之，唯在人群中，或有人群为其背景，爱情才能诞生，理想才能不死。仅有男女而无人群，就像只有种子而无阳光和土地。爱情，所以是博爱的象征，是大同的火种，是于不理想的现实中一次理想的实现，是“通天塔”的一次局部成功。爱情正如艺术，是“黑夜的孩子”，是“清晨的严寒”，是“深渊上的阶梯”，是“黑暗之子，等待太阳”；爱情如此，爱国也是这样啊，堂堂人类怎可让一条条国境线给搞糊涂呢！

良善家庭的儿女，从小就得到这样的教育：要关爱他人，要真诚对待他人，要善解人意，要虚心向别人学习……怎么长大了，一见国、族，倒常有相反的态度在大张旗鼓？还是没看懂“喜欢”与“爱”的区别吧。不爱人，只爱国，料也只是贪图其名，更实在的目的不便猜想。爱人，所以爱国，那也就不会借贬低邻人来张扬自己了——是这么个理儿吧？

2008 年 6 月 15 日

看不见而信

科学之要在于“识”，其全部心愿都在弄清楚这个世界，把握它，甚至改造它。信仰之要在于“信”，即认为世界的神秘是人永难知尽的，一代代行走其间，必要有一份可以信赖的引领。

一位朋友跟我说起信仰，有句话令我长思，他说：佛所以比其他信仰更高明，因为佛更究竟。何为更究竟？即更清楚，更彻底。怎么讲？他说：佛已彻底弄清了这个世界的真相。说说看？但这不是能说的，甚至不是由思考得来。那是怎么弄清的呢？成佛者，靠修行修到了那儿，一览无余，亲证了一切。你修到那儿了？我当然还没有。那你是怎么知道的？佛就是这么说的。你就信了？是的，我信。

说了归齐还是个“信”哪！否则咋办？你既未亲证，又未亲证那亲证者的亲证。所以“看不见而信的人有福了”，但这是基督信仰的见地。一定要看得见才信呢，那便是科学了，或与科学殊途同归。一件事，能够重复，科学才相信它；一种猜想，能被证实，科学才承认它。那么，是否顺理成章地可以这样认为呢——更究竟，就科学而言是更高明，对信仰来说却未必？

要把世界——地球，宇宙，生命——的来龙去脉弄个底儿掉，是人类伊始就有的愿望，但一向的问题还是：弄不弄得清楚？不过，永远弄不清楚，是否也可以算终于弄清楚了呢？比如说：我们终于弄清楚了，那是永远弄不清楚的。这有点儿矫情吗？但迄今为止这是实情。这没什么意义吗？但若因此，人类信仰有了一个全新的转向呢？基督信仰便是做了这样的转向，当然不是转向无神论。人类信仰的早期，应该说，无一例外都是向那神秘的创世者祈求好处的：风调雨顺、族群兴旺、国泰民安……总之是消灾免祸，多利多福。唯十字架上的耶稣，使人类信仰迈出了全新的一步，即不再是向神祈求优惠，而是转而要求自己跟从神的引领：人要互爱。这是一次伟大的转变，从此神不再只是高高在上、冷若冰霜的创世之神了，创世之神派来了他的儿子，与人同苦，教人互爱——救世之神于是诞生了。

救世之神诞生在人的心中，圣灵从而降临人间。创世之神当然还在，当然还是一如既往地——比如说不把约伯的委屈放在心上。但我们却不能不把创世之神放在心上，为什么呢？并不是因为他的儿子来了，与人同苦，人就可以走走他的后门儿,求得优待。不,他从不干这类只有人才会干的事；神的职权包罗万象，怎能为了局部而乱了整体？直到他的儿子来了，直到耶稣被钉上了十字架，人这才明白，若非他恪尽职守、严格拒斥人的贪心，人也就不会相信他的儿子——救世之神的倡导了。所以，基督信仰并不是以弄清世界的真相为要点，而是要把一条困苦频仍的人生（真）路，转变成一条爱愿常存的人生（善）路；把一条无尽无休、颇具荒诞的人生（实）路,转变成热情浪漫、可歌可泣的人生（美）路。这是否“更究竟”呢？就看你是“看不见而信”，还是看得见才信了。

至于世界的真相，或可听听数学家的意见：部分是不可能弄清楚整体的（哥德尔）。也可以听听物理学家的意见：物理学并不能告诉我们世界是怎样的，只能告诉我们，关于这个世界我们可以怎样说（玻尔）。是呀，科学好像也不再那么物我分明，也正在转而审视自己——“识”之本身的谜团了。

人在谜团中。我们确定是这个不确定世界的一部分。可这样，生活的苦难将求救于谁？生命的荒诞将求救于谁？求救于创世之神的，你想吧，不可能不是求其优惠——或今生提取，或来世补偿。而求救于救世之神的，十字架上的启示已然明确——整体必置局部于疑难，无限必置有限于迷茫，生之困苦已定，拯救之路在哪儿就自己想吧。

所谓“基督之外无救恩”，常被受够了“顺我者昌，逆我者亡”的人们误解为某方霸权。实则不然。实际上“基督”并不单指一门宗教，而是不分国、族的灵魂拯救方略，这方略没有别的立场，唯立足于“生即是苦”的场中。因为“生即是苦”，所以请“无苦之生”来救，这也算是方略？这只能算是愿望，且已取消了拯救的前提。拯救，必是基于苦难和苦难的不可穷尽。穷尽了还谈什么拯救？穷尽了则只谈福乐，便又激发起人的贪心。所以基督的方略是：愿善美的天国降临人心。而此外的期求多是：请福乐的天堂落实我身。后者，你以为可能吗？真若可能，争先恐后，则刚好又是这豪夺迭起、巧取频出的人间了。“基督之外无救恩”其实是说：只有跟从神的爱愿者，可得救恩。此外何以为救？尤其那些冒充神的全知、指使神的全能者，细看，又与“挟天子以令诸侯”有何不同？

佛学的博大精深，确可令科学感叹一声“更究竟”，所以现代物理学常引用佛学思想。比如“唯识”一论，便与“量子”之学不谋而合，但却早出后者上千年。“量子”目光，已与传统科学的雄心渐行渐远，而与信仰的谦恭越走越近。怎么回事？要是找不到绝对的客观，势必就会转向相对的主观，于是一切探索呀、考证呀、试验和思辨呀……就都更多地指向自己，便看清了人的永恒地位：不过是整体中的局部，无限中的有限，神秘莫测之下的一知半解……呜呼，“何处是归程，长亭更短亭”，谈何究竟！真倒是应了那句话了：“在改造客观世界的同时，也改造自己的主观世界。”也只有这样了。但想想，这不是目的吗？这不是目的还能有什么目的？你上了月球了，上了火星了，就算你终于探明了黑洞、捕捉到了暗物质，人就无忧无虑了？生命就告别苦难了？只怕弄清了世界的真相，却还是没弄清世界的真意。佛的更究竟，是指真相，还是指真意？成佛者的“亲证了一切”，想必正是在这流变不居的“量子世界”面前，究竟着人生的处境与人生的态度吧。若非如此，或像哥伦布亲证了新大陆那样，事情倒很容易了，凭借现代的航海技术，十天半月就让你也亲证一回。事实上，佛尤其是这样的思想：并没有一个纯客观的世界让你弄得清或弄不清，要紧的是，一个主观世界看你弄得好还是弄不好。从“弄得清或弄不清”到“弄得好还是弄不好”，已然是从“识”转向“信”了。识，凭借的是脑；信，指向的是心；倘若心性不乱，自然就会从创世之神的优惠，转向救世之神的爱愿了。

基督，并不等于基督教。故在基督教外，却完全可以是在基督之中。基不基督，切不可仿效“法利赛人”的狭窄心胸。佛门有位大菩萨——地藏，他说：“我不下地狱谁下地狱？”“地狱不空誓不成佛！”岂不与耶稣殊言同义，爱愿同归？但我猜地藏菩萨也是有点儿情绪的，对那些置地狱于不顾、一心只想自己成佛——跳出六道呀、无苦无忧呀、担心又掉回到什么地方去呀——的同事有意见。有意见而不嗔，便立行为言。立行为言恰如“因信称义”，早都把信仰定位于心，并无哪宗哪教之忌，更别说哪方与哪国了。

还有，地藏不说“地狱空时我即成佛”，而言“地狱不空”云云，窃以为意蕴深厚。所谓地狱，或心之无明，或天之不测，何时可空可灭？故那地藏其实是说：成佛一路，是人永行不尽的恒途。这菩萨绝不像他的某位“远亲”那样，故弄玄虚，说什么“本来无一物，何处染尘埃”。是呀是呀，玄思玄想要是过了头，演成话语圈套的比拼，价值虚无即告袭来——比如把“万法皆空”理解为一切都是扯淡，什么价值呀、意义呀、高尚呀、卑鄙呀……到头来全是一场空，或不过都是些同样的物质，譬如“干屎橛子”。价值既然虚无，你还谈什么信仰！什么都是一场空，及时行乐便有理有据。既是一场空,何以“一场空”们却坐上了一把把空出来的交椅？“本来无一物”者又何苦为一套衣钵星夜出逃？物极必反处处应验。说什么都没有的，抱紧衣钵；说一切都是扯淡的，著书立说；就好比，越是计划经济就越是没有计划——好端端一条马路，挖了填，填了挖。而张扬“集体主义”的呢，就说体育吧，人数越多的项目越是玩儿完——双打不如单打，排球不及篮球，人数最多的足球慢慢就垫了底。据一位永远振振有词的教练说：“这回是一定要反弹了。”股票吗？天哪，咱已然是全世界最烂的球队啦还往哪儿烂？外星人踢得比咱不如？不过，“排球不及篮球”这话得冠一个“男”字才对。进而再看,不管啥项目,男多不及女。中国男人不如女人吗？像！啥原因？索洛维耶夫说信仰也有天赋，信仰的天赋是谦卑。女人更谦卑，所以女人更知虔敬；女人不是更究竟，而是更重信念；女人踏实，心无旁骛者多，日进斗金者少；女人更近神秀的诚实——“时时勤拂拭，莫使染尘埃。”为男足挑教练挑遍了全世界，就没想到请个女人来试试？

既是信仰，佛门所重当也在“信”字，却不知怎样一来，滚滚潮流竟抬高了相反的东西。曾有国人对西人说：“还是我们的佛厉害，看你们那上帝，连亲儿子的事儿都管不了。”亲儿子的啥事儿？利乎？义乎？我以为地藏菩萨应该坦率表达他的意见——他的某些同事对此是有责任的，他们许诺了太多的福乐。几千年来，基督信仰一直没有断了言说与思考，所以大师辈出，引领潮流。而佛门——尤其在中国——冷落得已经太久，一旦热起来又在那利欲的潮流中滚得面目不清。“更究竟”究竟是要究竟什么？信仰的谦卑一旦变成掌管世界的雄心，“更究竟”就离更福乐越近了——爱愿改为成功，道路换作目的，忏悔总是弄错人称，而“我不下地狱谁下地狱”竟变成了：天堂的门票已经不多，兄弟你还不赶紧？

不过……可能……也许……大概还是我等俗人听差了？但不管怎样吧，信仰的问题，一向还如刘小枫的书中所说：“人而神，还是神而人？”即：是人升天享受神的待遇，还是圣灵降临，建天国于人的心中。这一上一下，殊见旨趣大异。

信仰的歧途，根源就在求实利而忘虚心。实利至极，莫过于上天堂；虚心所在，圣灵才可以降临。求实利者皆强大其表，忘虚心者盖脆弱其中，一旦“壮志”难酬，有幸不抑郁的，便抱一个“空”字溜进“佛门”，形同自慰；“一切都是扯淡”的思想即由之发扬光大。佛法之“空”可是这样的解法吗？其实，佛的告诫从来都不含糊：那人为的差别、荣辱才是幻景，这世间的名利、权谋才是虚妄，一副人形皮囊才是流变不居的分子、原子……但被福乐的期许惯坏的人，恰不认此为空，倒看灵魂才是虚拟，爱愿不过煽情，梦想尤其是“不打粮食”，得不到实实在在的社会承认则简直是人生失败。

所以你看咱那男足，上场前信誓旦旦，比赛中神不守舍，下场后永远是一句“交了学费”。这学费倒是为什么交的呢，未必明白。是巴西的艺术激情？是荷兰的游戏心态？是德国的整体配合？是非洲的个性张扬？是土耳其的坚持到底？还是——最不济的——像韩国那样玩儿命？所有这些，岂是皮毛之学？内里都有着深厚的文化积淀，或潜移默化的信仰支撑。为什么“神不守舍”？“失魂落魄”又是啥意思？还是前述那位教练的话：“咱们踢球就是为了踢败外国人。”这叫体育精神吗？奥林匹克的圣火中可有这一说？失其神者，安能不落其魄！单拿一副躯壳去比赛的，早已经败了；只看赢得漂亮，却不知输也可以美丽的，早已经败了；以为神是站在国境线上，而不是立于人的心中者，早已经败了；指望场上的胜利带来场下诸多的福利者，一败涂地。这又让我想起一位俄国诗人的诗句，大意是：我们向上帝要求的只有两样，为了战胜命运，给我们信心和力量！——显然，这与求神办事相去甚远。

2008 年 7 月 12 日

“自由平等”与“终极价值”

一个“自由平等”，一个“终极价值”，最是容易让人糊涂的两件事——说一说似乎都明白，来回一问，又绕进糊涂里去。是呀，单从字面看，二者就有冲突——“终极”意味着“唯一”，意味着“最高”，可你让“唯一”去跟谁“平等”呢？而“最高”已然到顶，又如何还能“自由”？

确实如此。“自由平等”在现今大众的理解中是说：人的价值取向并无高低之分，完全是个人的自由选择，种种理想、信仰都有其平等存在的权利。而“终极价值”却是说：人的价值取向千差万别，高低难免，终有其极，所以一切善恶、美丑、正义和非正义，都有其最终或最高的判断。可真若这样，平等岂非虚置，自由不也就等于瞎说了？

但自由平等是人们热爱的东西，据说比生命和爱情还重要。这便如何是好？办法当然有：取消终极价值就是，既然它不动声色地与平等为敌，进而又成了自由的障碍。

行是行，但是得弄明白：凭什么自由平等就具如此权威？光说热爱还不够，得说说理由。理由听起来似无可非议：天赋人权，自然正确，人生来就是自由的，平等的，由不得谁来指引和操控。但是且慢。首先，这怎么听着倒像是“终极价值”在说话呢？其次，地球就像宇宙中的一粒尘埃，人不过是无限可能中的一种有限之在，因而人生来就不大自由，就有强弱之分、愚智之别，优胜劣汰曾经也是人类的处境。只不过几百年前，文明之风吹来，人才要从生理性的束缚中开辟出精神性的自由，才要推翻兽性的弱肉强食，举一面人性的平等之旗。

这面旗，是不是就比较高些呢？倘有人仍坚持弱肉强食的主张，你怎么说？还是并无高低之分、都有平等存在的权利吗？

于是问题就来了：两面敌对的旗，如何平等存在？强权（比如纳粹），能与自由平等相安无事吗？局面明显两难：倘若一切自由平等，强权也就有了存在的根据；可强权所以是强权，就在它视自己的理念为最高，要所有的人都听命于他呀！如此，是为了自由平等的无懈可击，而容忍强权呢？还是驱逐强权，而使自由平等不够完全？好像都不惬意。可麻烦到底出在哪儿呢？便有人给出了一个无奈的总结：最高真理，就是没有最高的真理。看来“最高”才是祸根。是呀，如果我们相信确有最高，则难保强权不会有一天改头换面，卷土重来。这是不是说，只有铲除最高、从众人心中消除掉最高的可能，自由平等才有牢固的保障？

瞧着吧，这就快绕糊涂了。

干吗不换个角度想呢？比如说，为什么不是因为纳粹违背了某种最高，才使人类陷入了一场灾难？为什么不是因为人们相信没有最高，才促成了强权者的肆无忌惮呢？或许有人就要说了：即便有最高，也只能是选择生活的绝对自由、价值取向的彻底平等，纳粹之流所违背的也正是这一条；其实还是那句话：最高真理就是没有最高的真理。

好了，不管怎么说，“最高”总算得到承认，尽管其面目还很模糊。

接下来的问题是：自由平等的反对者，都是直言不讳吗？迄今的强权，哪个不自称是平等的推行者，是自由的卫道士？自命最高者可行强权，标榜自由平等的，未必就不能干同样的事。可我们将据何辨别其真伪、揭露其谎言呢？也就是说，我们总得有些措施，有项原则，有条信念……总之得有个颠扑不破的真理，或无可置疑的根据，来为平等撑腰，以使自由得其捍卫吧。这才是问题之关键。要么没有这样的根据，只好任由强权去指鹿为马；要么就得有个根深据固的最高判断，令强权无论怎样改头换面都有天敌。

但明显，自由不能是自由的根据，平等不能请平等来捍卫。可这一逻辑，又是根据何在？总不会说，“不自由”和“不平等”才是其合法性根据吧？

为什么就不会呢？其实，不小心前面已经透露了这一根源——一句人人都会说，而且常说的话：天赋人权，自然正确！“天赋”者何？“自然”又是啥意思？都是指那人力所不能为、人智所不能与之辩者呀——你叫它“天命”也行，你称之“神在”也可，即绝不是人的自由，也绝不能与人平等。所以说，不自由、不平等，才是自由平等的最高判断，才能为其提供合法性根据。曾有先哲说过这样的意思：护法，主要不是捍卫既定法律的严格，而是要捍卫法律本身的合法性根源，使之不容侵犯，不得篡改。于是有人贬低甚至轻蔑地说，这哪里还是什么科学，简直是神学。谁料那先哲竟欣然接受了这一命名：政治神学。是呀，人怎能捍卫得了人写的法律？人怎能确保人订的规则不被篡改？唯在人之上，才有法律的合法性根据，才有强权的制约，才能比照出何为神命、何为人说。

如果相信，必得有一种最高判断，否则各执一词，莫衷一是，这人间难免自由到你死我活。那么，这最高判断当然就要高于人的判断；这就是为什么要请“不平等”来为平等撑腰的理由。而这最高判断，当然就不会顺着人的性子来——否则公一理，婆一理，打到衙门去又要养育贪官；这就是为什么要请“不自由”来捍卫自由的原因。这是一条神画的线：线上是神命的不可违背，线下才有人的自由平等。你反感所有的权威和命令吗？那好，您自己玩儿，无非是“真理战胜真理，子弹射中子弹”，不玩儿成冷战、热战那就怪了！凭什么这样说？凭的咱们是人，是些能力有限、心性不一而又欲望无边的家伙。所幸，尽管咱们都是人，可在这群直立行走、能说会道的哺乳动物中，真也有些明事理的家伙，或曰伟大的人，他们居然认出了神。

料必早又有人不爱听了，什么神不神的，还不都是人的巧舌如簧？强权者皆善此道，从来都好装神弄鬼！

对呀，人，才要装神弄鬼。故此，强权的天敌先就不能是人，其次还得是人不能装也不能弄的——什么呢？“名可名，非常名”，姑且称之为“神”吧；当然也可另赋其名，比如“道”。但无论何名，意思还是那个意思，即存在的最初之因，道德的最高判断。莫争，莫辩，上帝对约伯说过：我创造世界的时候你在哪儿！

请问：神在哪儿？说好听点儿，您这是开玩笑，说不好听的——您现在就是装神弄鬼！

所以嘛，人既要放弃好听的，又要放弃不好听的，然后看看——那不装不弄的神到底在哪儿。

在哪儿呢？几千年前有些伟大的人就已经看明白了，故将人力永不可及的无限之在，称为神；将不分国族的灵魂拯救方略，称为神。前者可称之为“造物主”，造物主不由分说地给人以困阻与苦难；后者则被信为“救世主”，救世主不容置疑地教人以不屈与互爱。这些伟大的人自认是受救者，担当不了最高的判断者，唯望圣灵能够降临人心。

为什么选定一个“神”字呢？一是因为，他神秘莫测地已然把人的处境安排停当；二是因为，他高不可攀到人休想与他讨价还价；三是因为，人类心中，早已先验地埋下了神命的受体，或对善爱的响应——宗教信仰的长盛不衰、历久弥坚即是证明。因而，神，意味着不容漠视，不可违背，不由分说，却又随时与人接近；这与装神弄鬼的强权，或骗吃骗喝的迷信，完全两样。

怎么两样？问题还是：如何区分！

最要紧的一点是：别让人——不管谁——从中插一杠子。神，拒绝中介，拒绝人写的“使用说明”。

那您现在的勾当算怎么回事？一切神说难道不是都由人传？那么，凭什么来辨认这是神的原著，那是人的改编？

凭的是：人说与不说，都是人躲不开的那些处境，比如生与死。凭的是：人再怎么智慧，也有其无可设问的那些事物，比如有与无。凭的是：无论谁心里都有的价值本能，比如相应于善与恶的爱与怕。

后一条缺乏证据吗？证据之一是：任何人干了坏事心里都不自在，尽管显意识可以掩盖它，甚至掩盖到只在梦里莫名其妙地显现；而相反的行为则会让人心安理得，甚至引以为荣耀。证据之二是：素不相识者，只要语言相通，都可以毫无障碍地讨论善恶，无须先做界定；否则，没有价值标准，人与人之间其实不能说话。

既如此，神不多余吗？

但是，人会掩盖罪恶、夸大光荣、模仿激情、假冒真诚……神将揭穿这一切丑行。这揭穿，即证明神在，因为这揭穿的胆识不可能不是经由信念，而信念并不都由理性推出，而是站在理性尽头的那些伟大者，凭其眺望、凭其谛听、凭其感悟……总之，是凭其茫茫无路时对人类的一份执着的热爱所揭示的。人的躯体中，或灵魂里，确如浮士德博士一般，是一场魔鬼与上帝的赌局——或是善本能得到响应，或是恶本能日趋强化。

所以拒绝中介，要每个人直接与神对话，听到神的声音。上哪儿听去呢？不是上哪儿去听的问题，而是用什么去听——用心，而不是用耳。平心静气地听，谁都听得见——心底一直都在的那些正念，望眼欲穿，跃跃欲试，只等神子来把它点燃。不是脑袋发热，是心的照亮，一切真呀、善呀、美呀、公正呀、爱愿呀……被照亮的心都能立刻认出它们。不可能认不出。那不是智力的事。你凭什么说你认不出？你说你认不出什么呢？所以你已经认出了。

我们所以在“自由平等”与“终极价值”之间常绕得糊涂，并非因为二者有着非此即彼的冲突，而是因为我们受了“中介”的诱骗——比如诱骗亚当和夏娃的那条蛇，倒把气撒到了“终极价值”身上。

有理有据地取消了最高的中介，而非最高本身，人才能不受强权之害，而使自由平等得其保障。但自由平等却是底限，仅仅是底限，一个“限”字说明它是要确保的，比如说，即便是个游手好闲的家伙，你也得让他有个活路——而这却是出自最高判断，即神命，没人可以对此讨价还价。上线则不同。上“线”而不是上“限”，是说人对善与美的追求，对神秘事物的追问，是不受限制的——人的残缺令人无权去限制，而神的无限表明神不会去限制。上线不断被超越，正是神的期待，人的希望，是一曲演奏不完也欣赏不尽的天籁之音。

所以“上线”一定是高于“底限”的，但他们不是轻蔑与被轻蔑的关系，而是存在的必然，是保持存在的动态与和谐的必要。这个必然与必要，是不可以在其任何一点上被破坏的；而破坏，从来都在两个方向上显示：一是“上线”对“底限”的轻蔑，甚至打击，即精英主义的过度；二是“底限”对“上线”的抹杀，甚至敌视，通常是价值虚无的泛滥。

2008年8月5日

欲在

信者境界，或可一字概括：爱。思者境界呢，三个字：为什么？

一说到爱，人生之荒诞便似得到拯救，存在之虚无也似有了反驳。但是为什么呢？为什么偏偏是爱而非其他，比如说为什么不能是恨？

若把迁延漫展的人类历史比作一部交响曲，每个人就都是一个音符；音符一个接一个地前赴后继，才有了音乐。这比喻若无不当，恨就是必遭淘汰的。恨意味着拒斥他者，是自行封闭、相互断裂的音符，结果是噪音。噪音占了上风，音乐势必中断，意义难免消解。爱却不同，爱是对他者的渴望，对意义的构筑。爱，既坦然于自己的度过，又欣然于他者的取而代之，音乐由之恒久，意义才不泯灭。

当薄弱的音符跟随了丰饶的音乐，或遥远的梦想召唤起孤单的脚步，生命便摆脱了不知所求的荒诞，存在便跳出了不知所从的虚无。所以爱是拯救，她既拯救了音符又成就了音乐，既拯救了当下又成就着永恒。再要问为什么，那就只能是问：我们为什么要音乐而不仅仅是音符，为什么要意义、要永恒而不仅仅是活在当下了。回答是：欲在——人类要生存下去，世界要存在下去。

至此就不能再问为什么了，这是上帝的意图。所谓上帝的意图，是说，此人力所不可抗拒的处境、人智所无能更改的事实。创世之因众说纷纭，后果却是一样——不容分说地都要由人来承担。为什么要承担呢？回答还是：欲在——世界要存在下去，人类要生存下去。

至于创世之法，无论专利何属，都是两条：一是分离，即从无限的混沌中分离出鲜明的有限之在；二是感知，即人对世界的感知，或有限与无限的互证。而前者是亲和的势能——爱欲由之诞生；后者则注定了迷茫——困苦因而必然。对此也要问个为什么的话，回答可以相当严厉：否则一切都不存在；也可以比较浪漫：创造要存在下去，存在要创造下去，上帝乐此不疲，结果还是那两个字：欲在。

好吧，欲在，可这有什么意义吗？有哇！一是警告轻狂：生命是一出时时更新的戏剧，但却有其不容篡改的剧本。二是鼓舞乐观：每一个被限定的角色，都可以成就一位自由的艺术家。

爱，所以不是一件卿卿我我的小事，更不止于族群繁衍的一道必要程序。爱是受命于上帝的一份责任，是据其丰饶乐谱的一次次沉着的演奏。既要丰饶，则必水复山重、起伏跌宕，则必奇诡不羁、始料未及，或庄严沉重，或诙谐恣肆，甚至于迷茫困顿、荒诞不经……总之，丰饶的收益是驱除了寂寞，代价是困苦的永恒伴随。爱，所以又不是命运的插曲，不是装饰音，是主旋律——所有的乐段中都有她的影子，时而明朗，时而隐约，昂扬高亢或沉吟低回。

所以，尼采说伟大的人是爱命运的。爱命运才是爱的根本含义，才是爱的至高境界。并非所有的命运都会让人喜欢，但不管什么样的命运你都要以爱的态度来对待，这不单是受造者（局部或当下）对创造者（整体或永恒）的承诺，更是上帝（音乐）拯救人（音符）于魔掌（噪音）的根本方略。魔掌者何？佛家有很好的总结：贪、嗔、痴。

借助上帝的创造，魔鬼也诞生了。魔鬼必然诞生，否则神圣何为？或者竟是，为了遏制魔鬼的统治，上帝才开始其创造的吧："太初，上帝创造宇宙，大地混沌，没有秩序。怒涛澎湃的海洋被黑暗笼罩着。上帝的灵运行在水面上。上帝命令：'要有光'，光就出现。上帝看光很好，就把光和暗隔开……"上帝以其丰饶的音乐照亮了黑暗，以其鲜明的有形拓开了混沌，以其悲壮的戏剧匡正了无序。所以人不该埋怨命运。人埋怨命运，就像果实埋怨种子，就像春风埋怨寒冬、有序埋怨混沌、戏剧埋怨冲突……但照此逻辑推演下去，必致问题的不可收拾：是否光明也要喜欢黑暗，美好也要喜欢丑恶，智慧也要喜欢愚蠢……最终上帝也要喜欢魔鬼呢？麻烦了，麻烦的是这逻辑不无道理。

看来上帝应该是喜欢魔鬼的，否则他让我们喜欢存在即属无理。这推论很是诚实，而诚实，难免会引出进一步的问题——

上帝你不喜欢魔鬼，为什么要造出魔鬼？——这是对上帝的价值追问。上帝他并不喜欢魔鬼，但要创造一切就不得不放出魔鬼。——这是对上帝能力的质疑。上帝我喜不喜欢魔鬼，与你（们人类）何干？——这差不多就是上帝给约伯的回答。

听明白了吗？对人来说，这是一位冷漠的上帝。但对宇宙来说，这是一位负责任的上帝。正如对戏剧来说，这是一位明智的编导。但是对角色和演员——尤其是一个卑下的角色，或一位拙劣的演员来说，怎样呢？难道为了排遣上帝的寂寞，就得有那么多无辜的生命去忍受那么多悲惨的命运？《卡拉玛佐夫兄弟》中有一句严厉的抱怨，大意是：这戏剧的代价我们付不起！

不过约伯却非如此。听罢上帝的回答，约伯不再委屈，反而坚定了信念。约伯听懂了什么？想必就是尼采的那句话：爱命运。

爱命运，不等于喜欢命运。喜欢，意味着欲占有；爱，则是愿付出。躲避疑难的戏剧，就像酒肉朋友的闲聊，或相互吹捧的研讨会，有意煽情，无心付出。记得有人说过，“煽动家的秘诀就是表现得像其听众一样愚蠢，以便听众觉得自己像他一样聪明”。套用一下就是：煽情者的秘诀是表现得像听众一样脆弱，以便听众感觉自己像他一样多情。而付出，或疑难，却不单是角色和演员的事，也是观众的事；或者说，在生命的戏剧中并没有纯粹的观众。所以，上帝并非是让你喜欢存在，而是要你热爱存在。他也并非是喜欢魔鬼，而是以其不惧魔鬼的创世勇气，来启发人们不避疑难的爱的能力。

要紧的是，得分清上帝的三重含义，或基督信仰的“三位一体”——圣父、圣子、圣灵。圣父即创造了世界万物的那一位，故名创世主。圣子即来到人间与人同苦、教人互爱的那一位，故名救世主。圣灵呢，则是指一种时刻、一种状态——即那神圣的爱愿降临人间的时刻、落实于人之内心或监督于人之左右的状态。所以伟大的戏剧，刘小枫说，皆为圣灵降临的叙事。

说神，道主，怕又要惹人疑忌。其实呢，“名可名，非常名”，“姑且名之”罢了。比如前一位，你叫它“大爆炸”也行，谓之“太初有道”或“第一推动”也可；名者，不过为着言说之便。关键在于，无论何名，人也弄不清那创世之因到底是咋回事——比如“第一推动”是谁在推动？最初的有——比如进化的起点，是怎么有的？然而，我们处身其中的这个世界确已从无到有，那就必具其因。而这因，却是神秘无比，人类现在不能、将来也未必就能了然其究竟。于是乎，神秘使之得名为“神”，人类与之相比的无知无能的地位，使之得名为“主”。任何人，不管是有神论者还是无神论者，都会在人力无能把握的危难面前祷告一声：上帝（或老天爷）保佑吧！——那就是他。

所以创世主当然是高高在上，当然是高不可攀，唯敬畏之而不可企及的。因而他常是一副冷漠无情的面孔，正所谓“天地不仁，以万物为刍狗”，你可以向他祷告、向他申诉，但除非运气好得过分，多半是要碰壁的。约伯的经验给人启发：上帝创造了世界，却不单是为某一个人创造的，也不单是为某一类叫作“人”的生命而创造的。譬如那轰然一响瞬间成就了无限可能的“大爆炸”吧，可理会你约伯或史铁生因之会有什么难处吗？就好比球赛，唯其公允方可开展，那就只有听凭无情的规则了，再大的球星也休想求其优惠。否则神将不神，人情的“后门”一开，或育贪官，或养黑哨。

能向他诉说和讨教的是后一位：救世主。虽然他也是前一位的作品，但若没有立于迷茫之中的人的探问与呼告，他便隐身于前者而永不诞生。所以也要感谢前一位，正是他的冷漠，为人启示了一条并不能根据物（质）而是要赖于（精）神的道路；正是他的无情，迫使人去为心魂另寻救路——而这正是救世主诞生的时刻！在人孤苦无告而不断询问与呼唤之时，他以其多情脱颖于无情；在人四顾迷茫而不见归途之际，他以其爱愿，温暖了这宇宙无边的冷漠。

是呀，命途无常，我们难免会向前一位祈求好运，此人情之常，无可厚非。只要记得：真正的神恩，恰是那冷漠的物界为生命开启的善美之门，是那无限时空为精神铺筑的一条永不衰减的热情之路。

先哲有言：神不是被证实的，而是被相信的。“看不见而信的人有福了”，并不是说盲从就好，而是说再精明的理性也是有限之在，难免会在与无限的交接部触及盲区，陷入疑难，对此你必须，或必然要为自己树立一个非理性的信念。比如在死亡面前，愚弱者选择颤抖——幸好这恐惧并不长久；勇猛者选择闭目——肚里咬牙，心中没底，纵身跳向混沌；而信者坦然，并劝那一躯肉身——比如史铁生——也要镇定，以便看那永恒的“欲在”将展开怎样的另段路程。

但信者中还有一路，欢欣鼓舞于即将上天堂——这也不坏，尤其是为此他们做了许多好事作为铺垫。但依思者来看，除了降临于心的圣灵或天国，哪儿有什么“无苦而极乐”的所在？不过这问题倒不太大，倘其真的抵达天堂，虽不能闻，我们也还是要向他们发出祝贺。若其终未找到那样的终点呢，则愿他们“心若在，梦就在，只不过是从头再来”。这样，料必就会合情合理地磨炼成一种信念：心与梦一直都在那丰饶的音乐中，一次次沉着的演奏即是天堂，哪有什么终点？

但问题好像还没有完：神是被相信的，可人是如何相信的，又是为什么要相信呢？欲在——最简单的回答还是这两个字。但是,为什么一定是“欲在”,就不能是“不在”或“欲不在”吗?先说“欲不在”吧——欲不在的前提是在,而真正的欲不在者早已经不在了,可你为什么还在?再说“不在”——不在者不思不问、无知无觉,对它们取一份“爱护自然”的态度也就够了,无须理睬。

2008年8月30日

门外有问

玻尔说："物理学并不能告诉我们世界是怎样的，只能告诉我们关于世界我们可以怎样说。"据此当可相信，世界自有其——"是怎样的"——面目，只是我们不可能知道，即无论我们怎样观察和描述它，都注定是片面的，甚至是歪曲。而且，这片面与歪曲，并非是由于我们的观察或描述的尚不完善。

"测不准原理"也有这意思：世界原本是有准的，唯因"测"的干扰，"准"便隐藏起来。若非如此那倒怪了——如果世界压根儿就没准，又谈什么测不准呢？

可能是出此考虑，"测不准原理"被纠正为"不确定性原理"，意在强调：（微观）世界的不确定性，并非是由于"测"的无能，而是由于其本身就变化无常。无常即无规律，可你是怎么知道那变化是无规律的呢？你已经把世界观测完了吗？还是说，那变化绝对地超出了人的跟踪能力，所以你摸不住它的脉搏，也就看不出它有没有规律？前者明显是不可信，后者则是说它也可能有规律。故而严峻的问题是：如果有规律，所谓“不确定性”就还是要归咎于“测”，否则问题就更要刁钻些——是谁，凭什么，有权断定人找不到的东西就等于根本没有？

或许，“意义”二字有此权力。人找不到的东西，即属对人没有意义的东西，更是人无法谈论的东西，对相信“人是万物的尺度”的实证主义者而言就等于根本没有。比如规律，也不过一种人为的尺度。

《上帝掷骰子吗》一书中说：“不存在一个客观、绝对的世界。唯一存在的，就是我们能够观测到的世界……测量行为创造了整个世界。”这让我——一个物理学的门外汉，不免深陷迷茫。

首先，“我们能够观测到的世界”一语，已然暗示了还有我们观测不及的世界，或拒绝被我们观测的世界。

那么其次，“测量行为”又怎么会“创造了整个世界”呢？最多只能说它创造了一个人的世界，即被人的观测半径所限定的世界，或是人可赖以建立意义的世界，因而它当然还是主观或相对的世界；为示区分，则不得不称那“整个世界”为“一个客观、绝对的世界”。

第三，“一个客观、绝对的世界”之确在的证明是：它并不因为我们的观测不及，就满怀善意地也不影响我们，甚至伤害我们。当然了，我们无法谈论不可知的事物，但这不等于它因此就不给我们小鞋穿。

因而你可以说，一件不可证实也不可证伪的事是没有意义的，但不能说那是根本没有的。意义，是基于人的感受而为人确立的价值取向。用柏拉图的话说，就是囿于洞穴的认识，而为洞穴生命所相信的真。用尼采的话说则是，唯限于“内部透视”或“人性投射”的世界，是我们能够谈论的。这样看，“测量行为创造了整个世界”就不过是洞穴中的认识，所谓“整个世界”就仅仅还是个“人性投射”的世界。

所以，爱因斯坦认为上帝从来不掷骰子，在我们的“视野之外有一个广阔的世界，它独立于我们人类而存在，如同一个伟大而永恒的谜摆在我们面前，然而至少能被我们的观测和思维部分地理解”。①

他与玻尔的争执，想必主要是因为，他不仅不信这世界是没准的，而且不信它是“测不准”的。但量子力学的屡屡胜出，证明了伟人也是人，不管上帝掷不掷骰子，人也不可能看清上帝的底牌。但看不清上帝的底牌，不等于上帝就没有底牌。你可以说，我们只能靠手中这把牌为人的生命建立意义，却不能说这便是上帝手中全部的牌。

但是别急，事情料必没这么简单。事情也许是这样的：只有我们观测可及的事物，才能影响到我们。换句话说：凡是能够影响到我们的东西，必也是我们能够观测到的东西。因而，就算洞穴之外别有天地，但它对我们既无意义，也无影响，于此前提下讨论其有与无，实属无聊之举。是呀，似乎也只有这样，才能拯救“测量行为创造了整个世界”这一思想。

可是，果真如此的话岂不等于是说：观测不及等于不受影响，观测不及等于影响不到吗？天哪，掩耳盗铃可还有什么错误呢？

错误在于,有人把“影响”完全等同于“观测”了。然而“影响”完全可以在“观测”之外，不是吗？就连都有什么在影响我们、在怎样影响我们，我们还不清楚呀！比如说人是怎么来的？太阳终于毁灭之后人会怎样？比如说我们是这个世界的主宰，还是我们被什么所主宰？如是者数不胜数，怎么就敢把“观测”等同于“影响”呢？

观测是主动的——要观测，影响是被动的——被影响，而“要观测”是否多少包含着“欲把握”一类的念头呢？很可能，正是这“欲把握”的潜意识，将“观测”与“影响”混为一谈了，这才有了“不存在一个客观、绝对的世界”和“唯一存在的，就是我们能够观测到的世界”这样的疏忽，或这样的雄心壮志。

但有一点要说明:“存在”一词，若仅仅意味着被人意识到或观测到的事物，那么以上文字全算瞎说，而引导这瞎说的文字则属矫情。

开篇所引玻尔的那句话——“物理学并不能告诉我们世界是怎样的……”应该还有一种暗示:这并不影响我们宁愿对生命持一种态度。也就是说:人的精神信念，并不以弄清世界的物理真相为前提。甚至是说:精神信念的建立，必须，也必然是要以一个不明其物理真相的世界为前提。

可是，假如这样的话，还能说，人找不到的东西，即属对人没有意义和人无法谈论的东西吗?还能说，“人是万物的尺度”吗?

事实上我们正在谈论一些我们找(观测)不到的东西，并准备谈论它给了我们怎样的人生启示。比如，正因为弄不清一个物理世界的真相，信者才不再以物利来辨认他的神;正因为弄不清创世主的全部意图，爱者才皈依了十字架上的真。也就是说，人文精神是独立于科学主义的。实际上，人的聆听，要比人的观察与把握广阔得多。人只能看到一个“洞穴”世界的围困，却能听见一个神性世界的启示，从而那围困中便有了无限可能的道路。

人怎么可能是万物的尺度呢？人——这一有限之在，不过沧海一粟，不过是神之无限标尺中一个粗浅的刻度。孙悟空尚且跳不出如来佛祖的手心，人的测量又岂能“创造整个世界”？

科学的伟大，也许恰在于科学的无能。人曾想象天上人间，人曾向往月宫中的玉树琼楼，可待到“阿波罗”终于登月，人才明白，沧海一粟依旧是沧海一粟，我们知道的比过去更多了，疑难却并不比过去更少，幸福也不比以往更近。这便是科学的功绩。科学曾令人张狂到自信胜天，唯踏上荒凉的月球表面，人的真正智慧才被激发：世界是无限的，而人的力量永远是有限的；有限与无限之比意味着什么，则刚好证明了人的地位。

实际上，人一出生，或一经被创造，就已然面临了两种终极询问：世界是怎样的？我们该怎么办？人就是这样长大的吧——所有的孩子都会看重前一个问题，而成长着的心灵则日益倾向于后者。

我这个数学的门外汉，斗胆对哥德尔的“不完备性定理”做如下引申：任何一种认知系统都注定是不完备的，即一切人为的理论，都难于自我指证。比如法律，这一人定的规则，其合法性根据终不能是出于人自身。比如洞穴中的观察、“内部透视”或“人性投射”，皆必“只缘身在此山中”而注定是“不识庐山真面目”。为什么呢？一切有限之物，必因无限的衬比，而显露自身的不完备。而无限呢，又因其自身的无边无际、无始无终，而永无完备可言。

可这岂不是说，世界上压根儿就没有完备的事物吗？或这世界本身，压根儿就是不可完备的吗？这样说下来，是否又要回到“不存在一个客观、绝对的世界”去呢？因为，在一个永不完备的世界上行走，生命的意义只好是相对的。比如一盘尚未下完的棋，你怎能判断哪一步是对、哪一步是错呢？这下麻烦又大了，这等于是为实证主义或经验主义开辟了通途，为道德相对主义找到了合法性根据；也就是说，并没有一种绝对的“正义”或“真理”需要“主持”或“主张”，而是随便什么主意都可以是对的，哪怕是杀人越货。

不过这是两码事。世界的不确定性，正说明它——这一创世主的作品，是人或洞穴生命所不能确定和不可把握的“一个客观、绝对的世界”。但这并不意味着，人生的意义也是不能确定和不可把握的。我们不能把握“一个客观、绝对的世界”，恰恰暗示了，我们能够把握一个主观世界，即一个有意义的、人的精神世界。或者说，我们恰恰是根据一个不能确定、不能把握的外在世界，来确定和把握我们内心世界的，这便是信仰。信仰，所以不同于科学，是不倚仗实证的。信仰，所以不能由强人来指认，就因为那是向着空冥与迷茫的祈祷，是苦弱并谦卑者要为自己寻找的心路——为灵魂制定的美好方向，为理想设计的可行性方针。

而实证主义或经验主义却说：“任何想超越我们经验的企图，都会沦为彻头彻尾的胡说”，“如果一个人想不出任何可能的经验情形可以作为命题的确证……（那就）完全不具有意义……就是伪命题”。[②]果真如此，人岂非仅仅是一种能对眼前处境做出反应的动物了？人有别于其他动物的智慧哪儿去了？人对终极处境的思问哪儿去了？人的想象力和创造力哪儿去了？人的艺术能力——即在平庸而荒诞的生理性生活中，开辟出无限可能的精神性生活的能力，哪儿去了？

这些能力，把我们带出仅靠反映谋生的畜类，继而把我们引向人性的发问，最终使我们沐于神性的光照。是呀，创世主的无情已然确定，人把握不了“一个客观、绝对的世界”已然确定，我们永远要在一条不完备的路上行走已然确定，因而注定了我们只可据此背景来构筑我们生命的意义。然而，存在的虚无性、生命的荒诞性、道德的相对性并没有被确定，因为在这条有限的人生路上，一种智慧触到了它的边缘，从而听见了无限的神启：要把一条困苦频仍的人生之真路，转变成一条爱愿常存的人生之善路；要把一条无尽无休、颇具荒诞的人生之实路，转变成雄关漫道、可歌可泣的人生之美路！如此，相信“唯一存在的，就是我们能够观测到的世界……测量行为创造了整个世界”就是危险的；危险在于，自以为“创造了整个世界”的人，会把幸福完全托付给改造物界的雄心，以致忽略了心灵的完善。

令我——这个数理科学门外汉——担忧的是，也许我并没把本文所引的那些大师的话听懂。但更令人担忧的是，《上帝掷骰子吗》一书中的某些思想，不幸使篡取神位的强人有了“科学”的支持。

2008年9月27日

---

①② 引自丽贝卡·戈德斯坦《不完备性——哥德尔的证明和悖论》。

诚实与善思

我来此史（铁生）眼看就是一个花甲了。这些年我们携手同舟，也曾在种种先锋身后紧跟，也曾在种种伟大脚下膜拜，更是在种种天才与博学的旋涡中惊悚不已。生性本就愚钝，再经此激流暗涌，早期症状是找不着北，到了晚期这才相信，诚实与善思乃人之首要。

良家子弟，从小都被教以谦逊、恭敬——“三人行必有我师”，“满招损，谦受益”以及“骄兵必败”等等，却不知怎么，越是长大成人倒越是少了教养——单说一个我、你、他或还古韵稍存，若加上个“们”字，便都气吞山河得要命。远而儒雅些的比如“问苍茫大地谁主沉浮？我们，我们，我们！”近且直白的则是“你们有什么资格指责我们！”

你们，他们，为啥就不能指责我们？我们没错，还是我们注定是没错的？倘人家说得对又当如何？即便不全对，咱不是还有一句尤显传统美德的“无则加勉”吗？就算全不对，你有你的申辩权、反驳权，怎么就说人家没资格？人均一脑一嘴，欲剥夺者倒错得更加危险。

古有“五十步笑百步”之嘲，今却有百步笑五十步且面无愧色者在，譬如阿Q的讥笑小D或王胡。不过，百步就没有笑五十步的权利吗？当然不是，但有愧色就好，就更具说服力。其实五十步也足够愧之有色了，甚至一步、半步就该有，或叫见微知著，或叫防患于未然。据说，“耻辱”二字虽多并用，实则耻辱大相径庭。“知耻而后勇”——“耻”是愧于自身之不足；“辱”却相反，是恨的酵母——“仇恨入心要发芽”。

电影《教父》中的老教父，给他儿子有句话：“不要恨，恨会使你失去判断。”此一黑道家训，实为放之诸道而皆宜。无论什么事，怨恨一占上风，目光立刻短浅，行为必趋逞强。为什么呢？被愤怒拿捏着，让所恨的事物牵着走，哪还会有“知己知彼”的冷静！

比如今天，欲取“西方中心”而代之者，正风起云涌。其实呢，中不中心的也不由谁说了算。常听到这样的话：“我们中国其实是最棒的！”“他们西方有啥了不起！”“你们美国算什么！”类似的话——我才是最棒的，他有啥了不起，你算个什么——若是让孩子说了，必遭有教养的家长痛斥，或令负责任的老师去反省；怎么从个人换到国族，心情就会大变呢？看来，理性常不是本性的对手。一团本性的怒火尚可被理性控制，怒火一多，牵连成片，便能把整座森林都烧成怨恨，把诚实与善思都烧死在里面。老实说，我倒宁愿有一天，不管世人论及什么，是褒是贬，或对或错，都拿中国说事；那样，“中心”的方位自然而然就会有变化了。此前莫如细听那老教父的潜台词：若要不失判断，先不能让情绪乱了自己，所谓知己知彼，诚实是第一位的。

何谓诚实？见谁都一倾私密而后快吗？当然不能，也不必。诚实就像忏悔，根本是对准自己的。某些不光明、不漂亮、不好意思的事，或可对外隐瞒到底，却不能跟自己变戏法儿，一忽悠就看它没了。所以人要有独处的时间，以利反思、默问和自省。据说有人发明了一种药，人吃了精神百倍，夜以继日地“大干快上”也不觉困倦和疲劳，而且无损健康。但发明者一定是忘记了黑夜的妙用，那正是人自我面对或独问苍天的时候。那史写过一首小诗，拿来倒也凑趣——

> 黑夜有一肚子话要说／清晨却忘个干净／白昼疯狂扫荡／喷洒农药似的／喷洒光明。于是／犹豫变得剽悍／心肠变得坚硬／祈祷指向宝座／语言显露凶光……／今晚我想坐到天明／坐到月影消失／坐到星光熄灭／从万籁俱寂一直坐到／人声泛起。看看／白昼到底是怎样／开始发疯……

够不够得上诗另当别论。但黑夜的坦诚，确乎常被白昼的喧嚣所颠覆，正如天真的孩子，长大了却沾染一身“立场”。“立场”与“观点”和“看法”相近，原只意味着表达或陈述，后不知怎样一弄，竟成权柄，竟至要挟。“你什么观点？”“你对此事怎么看？”——多么平和的问句，让人想起洒满阳光的课堂。若换成“你是什么立场？”“你到底站在哪一边？”——便怎么听都像威胁，令人不由得望望四周与身后。我听见那史沉默中的回应——对前者是力求详述，认真倾听，反复思考；对后者呢，客气的是“咱只求把问题搞搞清楚”，混账些的就容易惹事了：“孙子哎，你丫管着吗！”不过呢，话粗理不粗，就事论事，有理说理，调查我立场干吗？要不要填写出身呢？“立场”一词，因“文革”而留下“战斗队”式的后遗症。不过，很可能其原初的创意就不够慎重——人除了站在地球上还能站在哪儿呢？故其明显是指一些人为勾画过的区域——国族、村镇，乃至帮帮派派。当然了，人家问的是思想——你的思想，立于何场？人类之场，博爱之场——但真要这么说，众多目光就会看你是没正经。那该怎么说呢？思想，难道不是大于国族或帮派？否则难道不是狭隘？思想的辽阔当属无边，此人类之一大荣耀；而思想的限制，盖出于自我。不是吗？思想只能是自己的思与想，即便有什么信奉，也是自思自想之后的选择。又因为自我的局限，思想所以是生于交流，死于捆绑——不管是自觉，还是被迫。一旦族同、党同、派同纷纷伐异，弃他山之石，灭异端之思，结果只能阉割了思想，谋杀了交流。故“立场”一经唱响，我撒腿（当然是轮椅）就跑，深知那儿马上就没有诚实了。

诚实，或已包含了善思。善美之思不可能不始于诚实，起点若就闹鬼，那蝴蝶的翅膀就不知会扇动出什么了。而不思不想者又很难弄懂诚实的重要，君不见欺人者常自欺？君不见傻瓜总好挑起拇指拍胸脯？诚实与善思构成良性循环，反之则在恨与傻的怪圈里振振有词。

索洛维约夫在《爱的意义》中说：做什么事都有天赋，信仰的天赋是什么呢？是谦卑。那么，善思的源头便是诚实。

比如问：你是怎样选择了你的信仰的？若回答说“没怎么想，随大流儿呗”，这信仰就值得担忧，没准儿恰就是常说的迷信。碰巧了这迷信不干坏事，那算你运气好，但既是盲从，就难保总能碰得那么巧。或者是，看这信仰能带来好处，所以投其门下？好处，没问题，但世上的好处总分两种：

一是净化心灵，开启智慧；一种则更像投资，或做成个乱世的班头。所以，真正的信仰，不可不经由妥善的思考。

又比如问：人为什么要有信仰呢？不思者不予理会，未思者未免一惊，而善思者嘴上不说，心里也有回答：与这无边的存在相比，人真是太过渺小，凭此人智，绝难为生命规划出一条善美之路。而这，既是出于谦卑而收获的诚实，又是由于诚实而达到的谦卑。

所以我更倾向于认为，诚实与善思是互为因果的。小通科技者常信人定胜天，而大科学家中却多见有神论者，何故？就因为，前者是“身在此山中”，而后者已然走出群山，问及天际了。电视上曾见一幕闹剧：一位自称深谙科学的人物，请来一位据说精通“意念移物”的大师，一个说一个练。会练的指定桌上一支笔，佯做发功状，吸引住众人的视线，同时不动声色地嘘一口气，笔便随之滚动。会说的立刻予以揭穿：“大家注意，他的嘴可没闲着！”会练的就配合着再来一回。会说的于是宣布胜利：“明白了吧？这不是骗术是什么！”对呀，是骗术，可你是骗术就证明人家也是骗术？

你是气儿吹的，人家就也得是？照此逻辑，小偷之所得为啥不能叫工资呢？幸好，科学已然证明了意念也具能量，是可以做功的！教训之一：不善思，也可以导致不诚实。教训之二：一个不诚实的，大可以忽悠一群不善思的。

那么诚实之后，善思，还需要什么独具的能力吗？当然。音乐家有精准的辨音力，美术家有非凡的辨色力，美食家有其更丰富的味觉受体，善思者则善于把问题分开更多层面。乱着层面的探讨难免会南辕北辙，最终弄成一锅糨糊。比如，你可以在种种不同的社会制度中辨其优劣，却不可以以佛祖的慈悲来要求任何政府。你可以让“范跑跑”跟雷锋比境界，却不能让其中任何一位去跟耶稣基督论高低。再比如跳高：张三在第一个高度（一米二〇）上三次失败，李四也是在第一个高度（一米九〇）上三次失败，你可以说他们一样都没成绩，却不能笼统地说二位并无差别。又比如高考：A 校有一百个被清华或北大录取，只一个名落孙山；B 校有一个考上了清华或北大，却有一百个没考上大学。如果有人说这两所学校其实一样，都有上了清华、北大的，也都有被拒大学门外的，你会觉得此人心智正常吗？倘此时又有人义正词严地问：难道，教育的优劣只靠升学率来判断吗？——好了，我们就有一个头脑混乱的鲜活范例了。

乱了层面，甚至会使人情绪化到不识好歹。比如，人称黄河是我们的母亲河，而后载歌载舞地赞美她，这心情谁都理解，但曾经黄水泛滥而今几度断流的黄河真还是那么美吗？你一准儿能听到这样的回答：在我们眼里她永远是最美的！理由呢是“儿不嫌母丑，狗不嫌家贫”。这就明显是昏话了，人有思想，凭啥跟狗比？再说了，“嫌”并不必然与“弃”相跟，嫌而不弃倒是爱的证明。喜欢，更可能激起对现成美物的占有欲，爱则意味着付出——让不美好的事物美好起来。母亲的美丑，没有谁比儿女更清楚，唯有那派“皇帝新衣”般的氛围让人不敢实话实说。麻烦的是外人来了，一瞧：“哟，这家儿的老太太是怎么了？”儿女们再嘴硬，怕也要暗自神伤吧。但这才是爱了！不过，一味吃老子、喝老子的家伙们，也都是口口声声地“爱”；听说有个词叫“爱国贼”，料其不是空穴来风。

据说，女人三十岁以前要是丑，那怨遗传，三十岁以后还丑就得怨自己了——美，更在于风度。何为风度？诚实、坦荡、谦恭、智慧等等融为一体，而后流露的深远消息。不过你发现没有，这诸多品质中，诚实仍属首要？风度不像态度，态度可以弄假，风度只能流露。风度就像幽默，是装不来的，一装就不是流露而是暴露了——心里藏半点儿鬼，也会把眼神儿弄得离奇。可你看，罗丹的“思想者”，屈身弓背，却神情高贵；米洛的“维纳斯”，赤身断臂，却优雅端庄。那岂是临时的装点，那是锤炼千年的精神熔铸！倘有一天，黄河上激流澎湃，碧波千里，男人看她风情万种，女人看他风度翩翩！两岸儿女还要处心积虑地为她辩护吗？可能倒要挑剔了——美，哪有个止境？那时候，人们或许就能听懂一位哲人的话了：我们要维护我们的文化，但这文化的核心是，总能看到自身的问题。

有件事常让我诧异：为什么有人会担心写作的枯竭？有

谁把人间的疑难全部看清，并一一处置停当了吗？真若这样，写作就真是多余；若非如此，写作又怎么会枯竭呢？正是一条无始无终的人生路引得人要写作，正因为这路上疑难遍布，写作才有了根由，不是吗？所以，枯竭的忧虑，当与其初始的蝴蝶相关。有位年纪不轻的朋友到处诉苦："写作是我生命的需要，可我已经来不及了。"这就奇怪，可有什么离开它就不能活的事（比如呼吸），会来不及吗？我便回想自己那只初始的蝴蝶。我说过：我的写作先是为谋生，再是为价值实现，而后却看见了生命的荒诞，荒诞就够了吗？所以一直混迹在写作这条路上。现在我常暗自庆幸：我的写作若停止在荒诞之前，料必早就枯竭了；不知是哪位仙人指路，教我谋生懂够，尤其不使价值与价格挂钩，而后我那只平庸的蝴蝶才扇动起荒诞的翅膀。荒诞，即见生命的疑难识之不尽、思之不竭；若要从中寻出条路来，只怕是有始而无终，怎么倒会"来不及"呢？

可我自己也有过"来不及"的担忧。在那只蝴蝶起飞之后不久，焦灼便告袭来，走在街上也神不守舍地搜索题材，睡进梦里也颠三倒四地构思小说；瞧人家满山遍野地奔跑尚且担心着枯竭，便想：我这连直立行走的特征也已丢失的人又凭什么？看人家智慧兼而长寿，壮健并且博识，就急：凭我这体格儿，这愚钝，这孤陋寡闻，会有什么结果等着我？可写作这东西偏又是急不出来的。心中惶恐，驱车地坛，扑面而来的是一片郁郁苍苍的寂静，是一派无人问津的空荒……“而雨，知道何时到来／草木恪守神约／于意志之外／从南到北绿遍荒原。”心便清醒了些：不是说重过程而轻结果吗？不是说，暂且拖欠下死神的追债，好歹先把这生命的来因去果看看清楚吗？你确认你要这样干吗？那就干吧，没人能告诉你结果。是呀，结果！最是它能让人四顾昏眩，忘记零度。

人写的历史往往并不可靠，上帝给人的位置却是“天不变，道亦不变”，所以要不断地回望零度。零度，最能让人的诚实——你看那走出伊甸的亚当和夏娃，目光中悲喜交加。零度，最是逼人的善思——你看那眺望人间的男人和女人，心中兼着惊恐与渴盼。每一个人的出生，或人的每一次出生，都在重演这样的零度——也许人的生死相继就是为了成全这样的回归吧？只是这回归，越来越快地就被时尚吞没。但就算虚伪的舞台已比比皆是，好的演员，也要看护好伊甸门前的初衷。否则，虚构只图悬念，夸张只为噱头，戏剧的特权都拿去恭维现实，散场之后你瞧吧，一群群全是笑罢去睡的观众。所以诚实不等于写实，诚实天空地阔，虽然剧场中常会死寂无声。而彻底的写实主义，你可主的是什么义？倒更像屈从现状的换一种说辞。

戏剧多在夜晚出演，这事值得玩味。只为凑观众的闲暇吗？莫如说是"陌生化"，开宗明义的"间离"：请先寄存起白昼的娇宠或昏迷，进入这夜晚的清醒与诚实，进入一向被冷落的另种思绪——

> 但你要听，以孩子的惊奇／或老人一样的从命／以放弃的心情／从夕光听到夜静。／在另外的地方／以不合要求的姿势／听星光全是灯火，遍野行魂／白昼的昏

迷在黑夜哭醒。

尤其千百年前，人坐在露天剧场，四周寂暗围拢、头顶星光照耀，心复童真，便易看清那现实边缘亮起的神光，抑或鬼气。燠热悄然散去，软风抚摸肌肤，至燥气全无时，人已随那荒歌梦语忘情于天地……可以相信，其时上演的绝不止台上的一出戏，千万种台下的思绪其实都已出场，条条心流扶摇漫展，交叠穿缠，连接起相距万里的故土乡情，连接起时差千年的前世今生，或早已是魂赴乌有之域（譬如《去年在马里昂巴》）……那才叫魂牵梦绕，那才是“一切皆有可能”。可能之路断于白昼的谎言与假面，趋真之心便在黑夜里哭醒。“我们是相互交叉的／一个个宇宙／我们是分裂的／同一个神”“生命之花在黑夜里开放／在星光的隙间，千遍万遍／讲述着爱的寓言”“梦的花粉飞扬，在黎明／结出希望”……

写作，所以是始于诚实的思问，是面对空冥的祈祷，或就是以笔墨代替香火的修行。修行有什么秘诀神功吗？秘诀仍在诚实——不打诳语，神功还是善思——思之极处的别有洞天，人称“悟性”。

读书也是一样，不要多，要诚实；不在乎多，在乎善思。孩提之时，多被教导说，要养成爱读书的好习惯；近老之时才知，若非善思，这习惯实在也算不得太好。读而不思，自然省得出去惹事，但易养成夸夸其谈的毛病，说了一大片话而后不知所云。国人似乎更看重满腹经书，但有奇思异想，却多摇头——对未知之物宁可认其没有，对不懂之事总好斥为胡说。现在思想开放，常听人笑某些“知识分子”是“知道分子”；虽褒贬明确，却似乎位置颠倒。“道可道，非常道”，“君子爱财，取之有道”，“大道废，有仁义；智慧出，有大伪”，读书所求莫过知此“道”也。而知也知之，识也识之，偏不入道者，真是“白瞎了你这个人儿”。

我写过一种人的坏毛病，大家讨论问题，他总要挑出个厚道的对手来斥问：“读过几本书呀，你就说话！”可问题是，读过几本书才能说话呢？有个标准没有？其实厚道的人心里都明白，这叫虚张声势。孔子和老子读过几本书呢？苏格拉底和亚里士多德读过几本书呢？那年月，书的数量本就有限吧。人类的发言，尤其发问，当在有书之前。先哲们先于书看见了生命的疑难，思之不解或知有不足，这才写书、读书、教书和解书，为的是交流——现在的话就是双赢——而非战胜。

读了一点刘小枫先生的书，才知道一件事：古圣贤们早有一门“隐微写作”的功夫，即刻意把某些思想写得艰涩难懂。这可是玩的什么花活？一点不花，就为把那些读而不思的人挡在门外，以免其自误误人。对肯于思考的人呢，则更利于他们自己去思去想，纳不过闷儿来的自动出局，读懂了的就不会乱解经文。可见，思考不仅是先于读书，而且是重于读书。“带着问题学”总还是对的，唯不必“立竿见影”。

于是我又弄懂了一件事：知识分子所以常令人厌倦，就因其自命博知，隔行隔山的也总好插个嘴。事事关心本不是坏品质，但最好是多思多问，万不可粗知浅尝就去插上一番结论，而后推广成立场让人去捍卫。不说别人，单那史就常让我尴尬，一个找不到工作只好去写小说的家伙，还啥都不服气；可就我所知，几十年来的社会重大事件，没有一回他能判断对的。这很添乱。其实所有的事，先哲们几乎都想过了，孰料又被些自以为是的人给缠瞎。可换个角度想，让这些好读书却又不善思想的人咋办呢，请勿插嘴？这恐怕很难，也很违背人权。几千年的路，说真的也是难免走瞎，幸好“江山代有才人出”，他们的工作就是把一团团乱麻择开，令我等迷途知返。返向哪里？柏拉图说要“爱智慧”，苏格拉底说“我唯一的知识就是我的无知”，而上帝说“我是道路”。有一天那史忽有所悟，揪住我说：嗨，像你我这样的庸常之辈，莫如以诚实之心先去看懂常识。

常识？比如说什么事？

就说眼下这一场拍卖风波吧。那对“鼠首”“兔首”往那儿一摆，你先说说这是谁的耻辱？

倒要请教。

是掠夺者的耻辱呀！那东西摆在哪儿也是掠夺者的罪证，不是吗？

毫无疑问。

可怎么大家异口同声，都说是被掠夺者的耻辱呢？

这还是一百多年前的愚昧观念在作怪。那时候弱肉强食，公理不明，掠夺者耀武扬威，被掠夺者反倒自认耻辱。

可是今天，文明时代，谁还会这样认为呢？

是呀，是呀。文明，看掠夺才是耻辱。

那么欺骗呢？文明，看欺骗是什么？

…………

哈，你心虚了，你既想站在那位赢得拍品又不肯付钱者的立场上，却又明知那是欺骗！以欺骗反抗掠夺，不料却跟掠夺一起步入愚昧。

可那东西本来就是我们的，我们有权要求他们还回来！

但不是骗回来。不还，说明有人宁愿保留耻辱。可您这一骗，尚不知国宝回不回得来，耻辱，肯定是让您又给弄回来了。

嗯……行吧，至少可以算逻辑严密。还有什么事呢？

还有就是当前这场经济危机。所谓“刺激消费”，我真是看不懂。人有消费之需，这才要工作，要就业，此一因果顺序总不能颠倒过来吧？总不会说，人是为了“汗滴禾下土”，才去食那“粒粒盘中餐”的吧？总不会是说，种种消费，原是为了“锄禾日当午”，为了“出没风波里”，为了“心忧炭贱愿天寒”吧？倘此逻辑不错，消费又何苦请谁来刺激呢？需要的总归是需要，用不着谁来拉动；不需要的就是不需要，刻意拉动只会造成浪费。莫非闲来无事，只好去“伐薪烧炭南山中”，不弄到“两鬓苍苍十指黑”就不踏实？可“赤日炎炎似火烧”，“公子王孙”咋就知道“把扇摇”呢？

好吧好吧，你这个写小说的又来插经济一嘴了！

这毛病，请问到底是出在哪里？

这个嘛……诚实地说，俺也不知道。

您不是口口声声地“诚实与善思”吗？请就此事教我。

那就接着往下问吧，任何关节上都别自己忽悠自己，不要坚定立场，而要坚定诚实，就这样一直问下去，直至问无可问……

2008 年末

昼信基督夜信佛

大概是我以往文章中流露的混乱，使得常有人问我：你到底是信基督呢，还是信佛法？我说我白天信基督，夜晚信佛法。

这回答的首先一个好处是谁也不得罪。怕得罪人是我的痼疾，另方面，信徒们多也容易被得罪。当着佛门弟子赞美基督，或当着基督徒颂扬佛法，你会在双方脸上看到同样的表情：努力容忍着的不以为然。

这表情应属明显的进步，若在几十年前，信念的不同是要引发武斗与迫害的。但我不免还是小心翼翼，只怕那不以为然终于会积累到不可容忍。

怕得罪人的另一个好处，是有机会兼听博采，算得上是因祸得福。麻烦的是，人们终会看出，你哪方面的立场都不坚定。

可信仰的立场是什么呢？信仰的边界，是国族的不同？是教派的各异？还是全人类共通的理性局限，以及由之而来的终极性迷茫？

人的迷茫，根本在两件事上：一曰生，或生的意义；二曰死，或死的后果。倘其不错，那么依我看，基督教诲的初衷是如何面对生，而佛家智慧的侧重是怎样看待死。

这样说可有什么证据吗？为什么不是相反——佛法更重生前，基督才是寄望于死后？证据是：大凡向生的信念，绝不会告诉你苦难是可以灭尽的。为什么？很简单，现实生活的真面目谁都看得清楚。清楚什么？比如说：乐观若是一种鼓励，困苦必属常态；坚强若是一种赞誉，好运必定稀缺；如果清官总是被表彰呢，则贪腐势力必一向强大。

在我看，基督与佛法的根本不同，集中在一个“苦”字上，即对于苦难所持态度的大相径庭。前者相信苦难是生命的永恒处境，其应对所以是“救世”与“爱愿”；后者则千方百计要远离它，故而祈求着“往生”或“脱离六道轮回”。而这恰恰对应了白天与黑夜所向人们要求的不同心情。

外面的世界之可怕，连小孩子都知道。见过早晨幼儿园门前的情景吗？孩子们望园却步，继而大放悲声；父母们则是软硬兼施，在笑容里为之哭泣。聪明些的孩子头天晚上就提前哀求了：妈妈，明天我不去幼儿园！

成年人呢，早晨一睁眼，看着那必将升起的太阳发一会儿愣，而后深明大义：如果必须加入到外面的世界中去，你就得对生命的苦难本质说是。否则呢？否则世上就有了“抑郁症”。

待到夕阳西下，幼儿园门前又是怎样的情景呢？亲人团聚，其乐陶陶，完全是一幅共享天伦的动人图画！及至黑夜降临，孩子在父母含糊其辞的许诺中睡熟；父母们呢，则是在心里一遍遍祈祷，一遍遍驱散着白天的烦恼，但求快快进入梦的黑甜之乡。倘若白天挥之不去，《格尔尼卡》式的怪兽便要来祸害你一夜的和平。

所以，基督信仰更适合于苦难充斥的白天。他从不作无苦无忧的许诺，而是要人们携手抵抗苦难，以建立起爱的天国。

譬如耶稣的上十字架，一种说法是上帝舍了亲子，替人赎罪，从而彰显了他无比的爱愿。但另一种解释更具深意：创世主的意志是谁也更改不了的，便连神子也休想走走他的后门以求取命运的优惠，于是便逼迫着我们去想，生的救路是什么和只能是什么。

爱，必是要及他的，独自不能施行。

白天的事，也都是要及他的，独自不能施行。

而一切及他之事，根本上有两种态度可供选择：爱与恨。

恨，必致人与人的相互疏远，相互隔离，白天的事还是难于施行。

唯有爱是相互的期盼，相互的寻找与沟通，白天的事不仅施行，你还会发现，那才是白天里最值得施行的事。

白天的信仰，意在积极应对这世上的苦难。

佛门弟子必已是忍无可忍了：听你的意思，我们都是消极的喽？

非也，非也！倘其如此，又何必去苦苦修行？

夜晚，是独自理伤的时候，正如歌中所唱："那故乡的风和故乡的云，为我抹去创痕。我曾经豪情万丈，归来却空空的行囊……"

你曾经到哪儿去了？伤在何处？

我曾赴白天，伤在集市。在那儿，价值埋没于价格，连人也是一样。

所以就，"归来吧！归来哟！别再四处漂泊……"

夜晚是心的故乡，存放着童年的梦。夜晚是人独对苍天的时候：我为什么要来？我能不能不来，以及能不能再来？"死去原知万事空"，莫非人们累死累活就是为了最终的一场空？空为何物？死是怎么回事？死后我们会到哪儿去？“我”是什么？灵魂到底有没有？……黑夜无边无际，处处玄机，要你去听、去想，但没人替你证明。

白天（以及生）充满了及他之事，故而强调爱。黑夜（以及死）则完全属于个人，所以更要强调智慧。白天把万事万物区分得清晰，黑夜却使一颗孤弱的心连接起浩瀚的寂静与神秘，连接起存在的无限与永恒。所谓“得大自在”，总不会是说得一份大号的利己之乐吧？而是说要在一个大于白天、乃无穷大的背景下，来评价自我，于是也便有了一份更为大气的自知与自信。

“自在”一词尤其值得回味。那分明是说：只有你——这趋于无限小的“自”，与那无边无际趋于无限大的“在”，相互面对、相互呼告与询问之时，你才能确切地知道你是谁。而大凡这样的时刻，很少会是在人山人海的白天，更多地发生于只身独处的黑夜。

倘若一叶障目不见泰山，拘泥于这一个趋于无限小的“我”，烦恼就来了。所谓“驱散白天的烦恼”，正是要驱散这种对自我的执着吧。

执着，实在是一种美德，人间的哪一项丰功伟绩不是因为有人执着于斯？唯执迷才是错误。但如何区分“执着”与“执迷”呢？常言道“但行好事，莫问前程”，“只问耕耘，不问收获”，执于前者即是美德，执于后者便生烦恼。所以，其实，一切“迷执”皆属“我执”！用一位伟大的印第安巫师的话说，就是“我的重要性”——一切“迷执”都是由于把自我看得太过重要。那巫师认为，只因在“我的重要性”上耗费能量太多，以致人类蝇营狗苟、演变成了一种狭隘的动物。所以狭隘，更在于这动物还要以其鼠目寸光之所及，来标定世界的真相。

那巫师最可称道的品质是：他虽具备很多在我们看来是不可思议的神奇功能，但并不以此去沽名钓誉；他虽能够看到我们所看不到的另类存在，但并不以此自封神明，只信那是获取自由的一种方式；他虽批评理性主义的狭隘，却并不否定理性，他认为真正的巫师意在追求完美的行动、追求那无边的寂静中所蕴涵的完美知识，而理性恰也是其中之一。我理解他的意思是：这世界有着无限的可能性，无论局限于哪一种都会损害生命的自由。这样，他就同时回答了生的意义和死的后果：无论生死，都是一条无始无终地追求完美的路。

是嘛，历史并不随某一肉身之死而结束。但历史的意义又是什么呢？进步、繁荣、公正？那只能是阶段性的安慰，其后，同样的问题并不稍有减轻。只有追求完美，才可能有一条永无止境又永富激情的路。或者说，一条无始无终的路，唯以审美标准来评价，才不至陷于荒诞。

基督信仰的弱项，在于黑夜的匮乏。爱，成功应对了生之苦难。但是死呢？虚无的威胁呢？无论多么成功的生，最终都要撞见死，何以应对呢？莫非人类一切美好情怀、伟大创造、和谐社会以及一切辉煌的文明，都要在死亡面前沦为一场荒诞不成？这是最大的，也是最终的问题。

据说政治哲学是第一哲学，城邦利益是根本利益，而分清敌我又是政治的首要。但令我迷惑的仍然是：如果“死去原知万事空”，凭什么认为“及时行乐”不是最聪明的举措？既是最聪明的举措，难道不应该个个争先？可那样的话，谁还会顾及什么“可持续性发展”？进而，为了“及时行乐”而巧取豪夺他人——乃至他族与他国——之美，岂不也是顺理成章？

“但悲不见九州同”确是一种政治的高尚，但信心分明还是靠着“家祭无忘告乃翁”，就连“王师北定中原日”也难弥补“死去原知万事空”的悲凉与荒诞。所以我还是相信，生的意义和死的后果，才是哲学的根本性关注。

当然，哲学难免要向政治做出妥协。那是因为，次一等的政制也比无政府要好些，但绝不等于说哲学本身也要退让。倘若哲学也要随之退一等，便连城邦的好坏也没了标准，还谈的什么妥协！妥协与同流合污毕竟两码事。

佛法虚无吗？恰恰相反，它把“真”与“有”推向了无始无终。而死，绝不等于消极，而是要根本地看看生命是怎么一回事，全面地看看生前与死后都是怎么一回事，以及换一个白天所不及的角度，看看我们曾经信以为真和误以为假的很多事都是怎么一回事……

故而，佛法跟科学有缘。说信仰不事思辨显然是误解，只能说信仰不同于思辨，不止于思辨。佛门智慧，单凭沉思默想，便猜透了很多物理学几千年后才弄懂的事；比如“唯识”一派，早已道出了“量子”的关键。还有“薛定谔的猫”——那只可怜的猫呵！

便又想到医学。我曾相信中医重实践、轻理论的说法，但那不过是因为中医理论过于艰深，不如西医的解剖学来得具体和简明。中医理论与佛家信念一脉相承，也是连接起天深地远，连接起万事万物，把人——而非仅仅人体——看作自然整体之局部与全息。倒是白天的某些束缚（比如礼仪习俗），使之在人体解剖方面有失仔细。而西医一直都在白天的清晰中，招招落在实处，对于人体的机械属性方面尤其理解得透彻，手段高超。比如器官移植，比如史铁生正在享用着的“血液透析”。

要我说，所谓“中西医结合”，万不可弄成相互的顶替与消耗，而当各司其职，各显其能；正如昼夜交替，阴阳互补，热情与清静的美妙结合。

不过，说老实话，随着科学逐步深入到纳米与基因层面，西医正在弥补起自身的不足，或使中医理念渐渐得其证实也说不定。不过，这一定是福音吗？据说纳米尘埃一旦随风飞扬，还不知人体会演出怎样的“魔术”；而基因改造一经泛滥，人人都是明星，太阳可咋办！中医就不会有类似风险——清心寡欲为医，五谷百草为药，人伦不改，生死随缘，早就符合了“低碳”要求。不过这就好了吗？至少我就担心，设若时至一九九八年春“透析”技术仍未发明，史铁生便只好享年四十七岁了，哪还容得我六十岁上昼信基督夜信佛！

世上的事总就是一利一弊。怕的是抱残守缺。

佛家反对“二元对立”，我以为，反对的是二元的势不两立。二元的势不两立，实际是强烈的一元心态。然而，这世界所以是有而不是无，根本在于二元的对立。所以，佛家实际是在强调二元和谐。一切健康的事物，都是基于二元的和谐，身体、社会、理想、修行……莫不如此。

“万法归一”是说这世界的本源，“三生万物”是指这个现实的世界。二者的位置一旦颠倒，莫说他史铁生了，众生的享年都要回零。

佛法之“空”，料与“空空的行囊”之“空”绝不一致。亚里士多德说，无中生有是绝不可能的。老子却说，有生于无。不过佛家还有一说：万法皆空。空即是有，有即是空，所以我猜佛家必是相信：有生于空。空，并不等于无。根本的二元对立，并非有与无的两极，而是有与空的轮回，或如尼采所说的“永恒复返”。

而“有”，也不见得就是有物质。有什么呢？不知道。物理学说：抽去封闭器皿中的一切物质，里面似乎还是有点儿什么的。有点儿什么呢？还是不知道。那就可以猜想一回了：有的是“空”！万法皆空，而非万法皆无，所以“空”绝非是说一切皆无。空不是无，空只好是有了。那么它又是一种怎样的有呢？空极生有，料必是一种无比强大的势能！即强烈地要创生出无限时空、无限之可能性的趋势。创世的大爆炸，据说就始于一个无限小的奇点，这个“点”可否让我们对那个“空”有所联想？

说佛法跟科学有缘，佛门弟子多会引为骄傲。但，若说二者的问题也有同根，未必信众们就都能不嗔不痴。

所谓同根，是说二者的信念有一个相同的前提，即先弄清楚这个世界的究竟，而后，科学的理想叫“人定胜天”，佛法的心愿是“人人皆可成佛”。问题是谁都没说，如果世界尚未究竟或终难究竟，人当如何？就算可以究竟，究竟者也总在极少，尚未究竟和终难究竟的大多数又拿什么去作信的根基？我相信佛门确有其非凡的智慧，确有其慧眼独具的奇妙功法，能够知晓甚至看到理性所无从理解的事物。但是第一，这仍是极少数人的所能。第二，再强大的能力也是有限，因为无限意味着永不可及。第三，老调重弹——成佛是一条动态的恒途，绝非一处万事大吉的终点；然而，一个“成”字，一个“究竟”，很容易被理解为认知的极点与困苦的穷尽。

所以，一条同根，很可能埋藏了近似的危险：大凡理想或心愿，一旦自负到“人定胜天”，或许诺下一处终极乐园，总是要出事的。科学正在出事，譬如自然生态的破坏。信仰如果出事，料想会是在心态方面。

理想，若总就在理想的位置上起作用，“老夫聊发少年狂”倒也不是什么坏事。然而“言必信，行必果”一向是人间美德（柏拉图认为，政治可以有高贵的谎言，神却不可说谎），那么一旦行之未果——世界依旧神秘，命运依旧乖张，信仰岂不要受连累？

首先质疑它的就是科学。科学以其小有成果而轻蔑信仰，终至促生了现代性迷障。问题是，在实证面前，信仰总显得理亏——“看不见而信”最是容易被忘记。怎么办呢？便把“果”无限地推向来世。这固然也是一种方略，可以换得忍耐与善行，但根基无非是这么一句话：好处终归是少不了你的！可这样的根基难免另有滋生，比如贪心，比如进而的谋略，直至贿赂之风也吹进信仰。君不见庙堂香火之盛，有几个不是在求乞实际的福利！众生等不及“终归”——既可终归,何不眼前？这逻辑本来不错,更与科学的“多快好省”不谋而合！只是，这夜晚的信仰怎么就变得比白天还白了？

“不不，”于是有佛门高徒说，“这是误解，说明你还不懂佛！”随即举出诸多佛法经章、高僧本事，证明真正的佛说与那庙里的歪风毫不相干。

那，为什么您讲的就是真正的佛说？

那么你认为，我讲的对还是不对？

问题是，大众所信的佛法，未必跟个例高人所理解的一样。不管谁到那烟雾腾腾的庙堂里去看看，都会相信，这世上广泛流行的是另种“佛法”。

如何另种？

求财的，求官的，求不使东窗事发的……许愿的，还愿的，事与愿违而说风凉话的……有病而求健康的，健康而求长寿的，长寿而求福乐的，福乐不足而求点石成金或隔墙取物的……

那就是他们的事了。

怎么就成了他们的事呢？莫非也是佛说？

何为神说，何为人传，基督信仰千百年来都有探讨。哪是佛说，哪是人言呢？佛门也曾有过几次集结，高僧们相约一处，论辩佛法真谛，可惜这一路香火已断多时。失去大师们的不断言说与探讨，习佛已流于照本宣科，徒具其表。失去高僧的指点与引领，人性就像流水，总是要往低处去的。如今是人们由着性儿地说佛与“佛说”，人性的贪婪便占上风；众生要“多快好省”地上天堂，庙堂前便“鼓足干劲”

地卖起票来。这类“信”徒，最看佛门是一处大大的“后门儿”，近乎朝中有人好办事。办什么事呢？办一切利己利身之事。如何能办到呢？耐心听“芸芸众生”们说吧，其津津乐道者，终不免还是指向某些神功奇迹——免灾祛病呀，延年益寿呀，准确或近乎准确地推算前世和预测未来呀……等等这些我都信，只不信这叫信仰。佛家（道家）的某些神奇功法我也见过，甚至亲身体验过，但我仍认为“看不见而信”才是信仰的根本。如果信仰竟在于某些神奇功法，高科技为什么不算？科学所创造的奇迹还少吗？可就算你上天入地、隔墙取物、福如东海、寿比南山，莫非这世上就不会有苦难了？没有了当然好，可那就连信仰也没有了。信仰，恰是人面对无从更改的生命困境而持有的一种不屈不挠、互爱互助的精神！

听说有人坐飞机赶往某地，只为与同仁们聚会一处，青灯古刹、焚香诵经地过一周粗茶淡饭、草履布衣的低碳生活。想来讽刺，那飞机一路的高排放岂是这一周的低消费所能补偿！真是算不过这笔账来？想必是另有期图。

又据说，有位国人对西人道："还是我佛的能耐大。瞧瞧你们那个上帝吧，连自己儿子的死活都管不了！"

先不论基督与佛均乃全人类所共有，岂分国族！却只问这类求佛办事的心态，原因何在？说到基督与佛，何以前者让人想到的多是忏悔，后者却总让人想起许愿？忏悔，是请神来清理我的心灵；许愿，却是要佛来增补我的福利。忏悔之后，是顺理成章地继续检讨自己；许愿之后呢，则要看看佛的态度，满足我愿的我为你再造金身，否则备选的神明还很多。

哈！这不过是你的印象罢了。事实上，此类信徒各门各派里都有。

那么，您是否也有与我相同的印象呢？

印象能说明什么！可有什么"统计学"证据吗？

"现象学"的行吗？现象之下自有其本质在，正如佛说"因果"。

……那么你的"夜晚信佛法"，到底信的什么？

首先我相信佛法是最好的心理疗法。佛看这人间不过是生命恒途中极其短暂的一瞬，就好比大宴上的一碟小菜，大赛前的一次热身，甚或只是大道上的一处泥淖。佛的目光在无始与无终之间，对于这颗球体上千百年来的蝇营狗苟，对于这一片灯红酒绿的是非地、形同苦役的名利场，说到底，佛是一概地看不上！而如今的心理疾病多如牛毛，又都是为了什么？比如说方兴未艾的“抑郁症”，你去调查吧，统计吧,很少不是因为价值感的失落。说白了,就是“我的重要性”一旦在市场上滞销、掉价、积压而后处理，一向自视重要的“我”便承受不住，“抑郁症”即告得手。佛所以是最好的心理医生，因为他从根本上否定了人的市场价格，坚定了生命的恒久价值。而这样的疗法，还是那句话：很难在叫卖声声的白天里进行，而要等到夜深人静。

说到这儿想起件事，前不久与朋友谈起“城市文学”。“乡土文学”谁都知道，可什么是“城市文学”呢？两个人说来说去，忽有所悟："城市文学"的特点，根本在一个"市"字上。城市，乃市场的引发，而市场的突出作为是价格的诞生。正所谓异化吧，价格功高镇主，渐渐就脱离开价值而自行其是了。于是乎讨价还价，袖子里掐手指，而后发展到满街贴广告和电视台上吹牛皮……原本是为了货通有无的集与市，慢慢竟变成了骗术比拼的大赛场。败下阵来的自然是郁郁寡欢，待其两眼发直、浑身发抖，便取名为"抑郁症"。有趣的是，先是亏本者抑郁，慢慢演化，亏心者倒荣耀起来，称为"成功人士",其居住地宏伟壮观谓之"高尚社区"。久之，价格成长为重中之重，价值一败涂地。成者王侯败者寇。怕为寇者，或打肿自己充肥，或就做成宅男宅女不见天日，想起市场就显露出"抑郁症"所规定的种种征候。

其次我相信，佛家对死后的猜想并非虚妄。看看那些大和尚，圆寂之时是何等的从容淡定，你自会相信那既非莽汉式的无畏，亦非志士般的凛然，而是深思熟虑，一切都已了然于心，或就像那位印第安巫师所说：一切都已"看见"。

当然了，此等境界绝非吾辈常人所能为之——譬如爱因斯坦看见了时间的弯曲，譬如霍金看见黑洞，咱咋就啥也不见呢？故凡俗之如我类，切莫指望什么神功奇迹，不如原原本本都留给极少数人吧。

不过呢，死亡毕竟在向你要求着态度。当然回避也是一种，勇敢也是一种，鲁莽还是一种——两眼一闭跳下去，跟蹦极一般。我选择钻牛角尖，死乞白赖地想一想，谁料结果却发现：死是不可能的。

死是什么？死就是什么都没有了，什么什么都没有了。可什么什么都没有了，怎么会还有个死呢？什么什么都没有了，应该是连“没有”也没有了才对。所以，如果死意味着什么什么都没有了，死也就是没有的。死如果是有的，死就不会是什么什么都没有了。故而“有”是绝对的。

“有”又是什么呢？有，是观察的确认——现代物理学也明确支持这一观点。“无”呢？“无”也一样是观察——准确说是观察所不及——的确认，因而仍不过是“有”的一种形态。推而演之，死也就是生的一种形态。

那么，观察意味着什么呢？观察意味着观察者的确在。而这个观察者，既然能够认知他者，也就一定能够自认。这自认，便创生了“我”。

“我死了”，此言若非畅想，就一定是气话，现实中绝没有这回事。

“你死了”呢，或用于诅咒，或用于告慰。前者是说，你没死但你该死。后者是说你并没有死，不过是到了另一世界，或处于另一种存在状态罢了。

只有“他死了”这句话没毛病，必有相应的现实为之作证。比如说“史铁生死了”，这消息日夜兼程，迟早会被证实。（**由此也可见，我是我，史铁生是史铁生。**）

总结一下吧：死，绝不意味着什么、什么都没有了。而一切“有”都是被观察的，一切“无”都是观察所不及的。所以“有”也好，“无”也好，都离不开观察者。

那么，谁是最终的观察者呢？“我”！而“你”和“他”，“我们”、“你们”和“他们”，都不免是被观察者。

最后一个问题：设若真有来世，我怎么能认出此一世的我即是彼一世的我呢？首先，无论哪一世的你，不自称“我”又自称什么？其次，柏拉图说“学习即回忆”，被回忆者是谁？第三，一生止于吃喝屙撒睡的人太多太多，想必来世也就难于分辨，而一个独特的心魂自然就便于被回忆。

（以上四小节均引自史铁生作品《论死的不可能性》）

在我想，求“往生”是不是有点儿多余？今生、来世其实是一样的，吃喝屙撒睡的固然一样，特立独行的也是一样，不知不觉的固然一样，大彻大悟的就更应该能看出些一样来。什么呢？生即是苦，苦即是生。如此又求的什么来世！今天就是昨天的明天，明天就是前天的后天……生还是苦，苦还是生，又何必在意此一生还是彼一生呢？我只相信，明天的意义，唯在进一步完美行动的可能。不过这已经有了保证：佛的目光在无始无终之间——史铁生要死就让他死吧，“我”才是那目光的无限仰望者与承受者。

那么“脱离六道轮回”呢？说真的，我半信半疑。所信者，你下辈子可以不是人、畜牲、饿鬼，等等；所疑的是，莫非你可以是“无”吗？你只要是“有”那就麻烦。“有”就是“有限”，正如“无限”其实就是“无”。你看吧，哪一种“有”不是有限的？你想吧，唯观察所不及者谓之“无”，而那正是因为它的无限。这样我们就有救了，就算我们有一天不再是人，也不是畜牲、饿鬼和什么什么，我们总还得是“有”（因为“无”是无的呀），进而就还得是“我”。“我”位于有限而行一条无限的路，那才是佛或上帝的恩宠！

而一条无限的路，正所谓日夜兼程，必是昼夜轮换的路！如果黑夜过于深沉，独善其身或自在之乐享用得太久，就好比心病患者会依赖上心理医生，人是会依赖于黑夜而不由得逃避白天的。然而白天就在黑夜近旁。不能使病者走进白天的医生是失败的医生，他培养了另一种“我执”。

况且此“执”是因乐而生。譬如乐不思蜀，乐具腐蚀，岂止是不思蜀，其实是不思苦，进而养成享乐的贪图。乐无止境，难免日趋狭隘，偶像繁多，倒给“菩萨”们都分配了工作，管升官的、管发财的、管文凭和职称的……最后连掩盖罪行都有专管。尤其，这享乐与灭苦的期求，一旦进入白天，与疯狂的市场合谋，爱愿常不是它们的对手。

所以我想，佛门弟子要特别地看重地藏菩萨。“我不下地狱谁下地狱”“地狱不空誓不成佛”，地藏的这两句伟大誓言，表明他是一位全天候的觉者！虽然一个“成”字似乎还是意味着终点，但他把终点推到了永远，从而暗示了成佛之路的无限性。道路的无限即是距离的无限，即是差别的无限，即是困苦的无限，也便意味着拯救之路的无限，幸而人之不屈不挠的美丽精神也可以无限——唯此，无始无终的存在才不至于陷入荒诞。

“我不下地狱谁下地狱”简直就是十字架上真理的翻版，“地狱不空誓不成佛”明显与基督精神殊途同归。是呀，一切黑夜的面死之思，终要反身投入到白天的爱愿（当然，一切爱愿总也要面对死的诘难）。

你会发现，白天的事难免都要指向人群，指向他者，因而白天的信仰必然会指向政治。但政治并不等于政府，否则有政府的地方就不该再有不同政见。因而，政治的好坏也就不取决于国的强大与否，而在乎于民之福患。国之强大，仅仅是为了保卫民的福利，否则何用？所以，以强大为目的的政治是舍本求末，以爱为灵魂的政治才是奉天承运，才会是好政治。

然而，爱也是有危险的。比如以死相威胁的“爱情”，比如期求报答的“友爱”，比如只为谋权的“爱国爱民”，比如盛气凌人甚或结党营私式的种种“信徒”……问题是鱼目混珠，真假何辨？其实呢，以平常心观之，真假自明——正所谓“人人皆有佛性”，也正是神在的最好证明。

我有个朋友，初到某地，两眼一抹黑，有个老太太帮他渡过了道道难关，他说我可怎么报答您呢？老太太说：你去帮助别人就是。我听说有个过马路的老头儿，四望无车无人，却还是静静地等候红灯。人说您这不是犯傻吗？他说：我不知道在哪个楼窗里，会不会有个孩子正看着我。我还知道有位女士，不知听哪个昏僧说，促成一桩婚姻便为来世积下一份善缘，于是不遗余力地乱点鸳鸯谱—— 管他们有情与无情！

爱的危险还有一条：仅仅的爱人。您信吗？仅仅的爱人，会养成铺张浪费，甚至穷奢极欲的坏毛病——情形就像被溺爱的孩子。所谓“爱上帝”说的是什么？是说要爱世间一切造物。所谓“爱命运”说的是什么？是说对一切顺心与不顺心的事，都要持爱的态度。

“我执”多种多样，并不以内容辨；无论什么事，一旦

“我的重要性”领衔，即是“我执”。譬如常说的“立功、立德、立言”，尤其前面再加一句“为天下人”，都是再好没有，但请留神，“我”字一重，多么慷慨大义的言辞也要变味。不过，这事最为诡异的地方是：一味地表现“自我”是“我执”，刻意地躲避“自我”还是“我执”；趋炎附势的是“我执”，自命清高的还是“我执”；刚愎自用的是“我执”，自怨自艾的也是“我执”。那么“我”就得变傻子吗？对不起，您又“我执”了。我什么都不说成吗？成是成，但这仍然是“我执”。简直就没好人走的道儿了！不，这才是好人走的道儿呀：好人，才看见“我执”，才放弃“我执”，才看见放弃“我执”有多难，才相信多难也得放弃“我执”——这下明白了，成佛的路何以是一条永行的恒途。

《伊索寓言》中有一篇说到舌头，说那是人间最好和最坏的东西，因为它可以说出最美和最丑的语言。信仰的事着实跟舌头有一拼，它既可让人行无比的善，也可让人作滔天的恶。譬如曾经和现在，也譬如此地和别处，人们为信仰而昏昏，也为信仰而昭昭；为信仰而大乱，也为信仰而大治；

为信仰而盛气凌人，也为信仰而谦恭下士；为信仰而你死我活，也为信仰而乐善好施……再问何根何源？以我的愚钝来想，大凡前一类都还是那个“我执”。

如何灭尽“我执”呢？不知道。我真的不知道，因为我感到我永远都灭不尽那玩意儿。我感到我只能是见一个杀一个，没什么彻底的办法。我感到诚实是第一位的，比如说白天就是白天，黑夜就是黑夜。黑白颠倒你试试看，或者只需想一想，会不会把白天弄成了自闭症，一到夜里又妄想狂？

2010年11月4日

编后记

为史铁生编的四本散文小集，名为《去来集》《无病集》《断想集》《有问集》。这四个书名，都来自史铁生，不是我的创造。言顺则名正。细想起来，“去来”“无病”“断想”“有问”，似正是他一生（或许是二十一岁以后的一生）的愿与行的概括与表达。

2010年编了一本《我与地坛》。那年的最后一天，新出版的样书和史铁生离去的消息一同到来。作者远行，读者却多了千千万万。作品的力量由此更加勃发，就如同作者的生命无限延续。失与得以这样一种形式相伴，令做书的人悲欣交集。

读史铁生，绝少意识到是在读一个坐轮椅的人。常常想到的是，如果四十年前那场灾难没有降临，他还会成为作家吗？有一句很温暖的话说，上帝关了一扇门，就会打开一扇窗。我想，上帝也许并不关门，可也未必开窗。

诚实、善思，“乃人之首要”，史铁生的根本其实就是这两条。四个字，像四扇通透豁亮的窗户，放阳光进来，让空气流通。打开这样的窗，对谁都不是易事。顺便说，十年前史铁生有以此为题的文章，现在读来，仿佛新作。此文在《有问集》中。

史铁生开始写作的时候，我正在大学读书。他的新作发表之前，常常由我的同学拿到班里来讨论——我的同学也是他的同学，他们一同去陕北插队落户，史铁生二十一岁那年，又是他们把他抬出病房，和他一起摸索不能走路的人生。后来史铁生成为作家，而我，成了他的一个责任编辑——缘分和幸运，往往是有出处的。

杨　柳

2019年3月